四川外国语大学外国语言文学市级一流学科教师科研项目

《伊势物语》评析

赵晓燕 冯 千 著

苏州大学出版社
Soochow University Press

图书在版编目(CIP)数据

《伊势物语》评析 / 赵晓燕,冯千著. —苏州:苏州大学出版社,2019.11
　ISBN 978-7-5672-2991-4

Ⅰ.①伊… Ⅱ.①赵…②冯… Ⅲ.①长篇小说-小说研究-日本-中世纪 Ⅳ.①I313.074

中国版本图书馆 CIP 数据核字(2019)第 257620 号

Yishi Wuyu Pingxi
书　　名：	《伊势物语》评析
著　　者：	赵晓燕　冯　千
责任编辑：	杨　华
装帧设计：	刘　俊
出 版 人：	盛惠良
出版发行：	苏州大学出版社(Soochow University Press)
社　　址：	苏州市十梓街1号　邮编:215006
印　　装：	虎彩印艺股份有限公司
网　　址：	www.sudapress.com
邮　　箱：	sdcbs@suda.edu.cn
邮购热线：	0512-67480030
销售热线：	0512-67481020
开　　本：	890 mm×1 240 mm　1/32　印张:7.5　字数:150千
版　　次：	2019年11月第1版
印　　次：	2019年11月第1次印刷
书　　号：	ISBN 978-7-5672-2991-4
定　　价：	39.00元

凡购本社图书发现印装错误,请与本社联系调换。
服务热线:0512-67481020

《〈伊势物语〉评析》一书颇具匠心。之所以说其颇具匠心，并非因为该书是一部钻研深刻的学术著作，而是因为该书是一部用心于日语语言文学专业研究生深入品味研读日本平安文学的教学成果之作。

　　赵晓燕博士系四川外国语大学日语系副教授、日语语言文学专业硕士研究生导师。

　　赵晓燕博士曾师从日本国立山口大学《源氏物语》与平安文学研究著名学者森野正弘教授，专攻《源氏物语》的仪式研究。博士在读期间，曾应邀参加日本全国大学国语·国文学会2013年度秋季年会，在大会上发表学术论文《〈源氏物语〉中夕雾的成人式》，获得每次大会仅评选一名的大会发表奖，并受到了大会主席、《万叶集》《源氏物语》等古典文学作品研究大家中西进教授的高度称赞。自日本国立山口大学博士课程学成归来，从未懈怠对日本平安文学的深入研究，特别是关于《源氏物语》的研究，迄今已经积淀了十余载的功夫。作为日本平安文学研究的学者，赵晓燕博士不断进取，研究深度与研究成果日渐精进，并已初步形成了自己的研究体系。

　　《礼记·学记》中说道："故君子之教喻也。道而弗牵，强而弗抑，开而弗达。"意思是有修养的人教育学生，诱导他们而不是牵着他们学习，勉励他们而不是压制他们学习，启迪他们而不是代替他们去弄懂一切问题。赵晓燕博士为日语语言文学专业硕士研究生讲授日本平安文学,其授业之道并非一味推陈学界既往的研究成果,抑或乏味铺陈日本平安时代的文学史,而是引导研究生们进入日本平安时代的文学世界,让他们在平安文学特有的文学氛围中吮吸平安文学甘甜的乳汁,品味平安文学的芬芳,享受平安文学的雅俗美感,思索平安文学与中国古代文学的交集,并尝试充分显现自我的作品翻译。

  赵晓燕博士的授课对象虽为硕士研究生,但生员来自不同本科院校,所学课程各有所异,故资质水平参差不齐,对日本平安文学的认知也不尽相同。因此,要引导研究生欣赏平安文学之美,需要有不凡的为师之道。"君子之所以教者五:有如时雨化之者,有成德者,有达财者,有答问者,有私淑艾者。"(《孟子·尽心上》)说的是君子的教育方式有五种:有如及时雨灌溉万物的,有成全道德品质的,有培养才能的,有解答疑问的,有以流风余韵为后人所私自学习的。与其平面铺陈,不如关注一隅。就是说,平安文学赏析与其浅尝辄止,不如选定一部特定作品,从讲读原典着手,旁引平安时代的文学环境,横串同时代的其他作品,让学生自己查证相关资料,使其在互动中充分领略作品的精髓。在此基础之上,研究生们各自发挥自我个性试译原著,通过讨论,获得最佳。这便是赵晓燕博士日本平安文学赏析课程之手段。

  《〈伊势物语〉评析》一书正是以上研究生课堂实践的结晶。

  我相信,赵晓燕博士的日本平安文学赏析绝不会在《〈伊势物语〉评析》处戛然而止,她必定会沿着当前的学术之路不断进取前行,形成四川外国语大学日本古典文学赏析课程的新趋势。善教者,以不倦之意,须迟久之功。

《源氏物语》译者·研究者 姚继中

二〇一九年七月十六日

目 录

第一段 初冠 ……………………………………… 1
第二段 西京 ……………………………………… 3
第三段 鹿尾草 …………………………………… 5
第四段 西殿 ……………………………………… 7
第五段 看守人 …………………………………… 10
第六段 芥河 ……………………………………… 12
第七段 归浪 ……………………………………… 14
第八段 浅间山 …………………………………… 16
第九段 东下 ……………………………………… 17
第十段 田雁 ……………………………………… 22
第十一段 皓月 …………………………………… 24
第十二段 盗贼 …………………………………… 25
第十三段 武藏镫 ………………………………… 27
第十四段 臭鸡 …………………………………… 29
第十五段 信夫山 ………………………………… 31
第十六段 纪有常 ………………………………… 33
第十七段 久别之人 ……………………………… 36
第十八段 白菊 …………………………………… 38
第十九段 青云远 ………………………………… 40
第二十段 枫叶 …………………………………… 42

第二十一段	移情	44
第二十二段	秋夜苦短	48
第二十三段	筒井筒	51
第二十四段	梓弓	55
第二十五段	孤眠夜	58
第二十六段	唐船	60
第二十七段	盥影	61
第二十八段	扁担竹篮	63
第二十九段	寿宴	64
第三十段	难相会	65
第三十一段	草叶	66
第三十二段	缠丝线	67
第三十三段	深处之入江口	68
第三十四段	欲语还休	70
第三十五段	结扣	71
第三十六段	玉蔓	72
第三十七段	解扣	73
第三十八段	可谓恋情	74
第三十九段	源至	76
第四十段	悲恋	78
第四十一段	紫草	80
第四十二段	香泽	82
第四十三段	恶名	83
第四十四段	践行宴	85
第四十五段	飞萤	87

第四十六段　挚友 …… 89
第四十七段　纸钱 …… 91
第四十八段　常拜访 …… 93
第四十九段　吾妹 …… 95
第五十段　波此波此 …… 97
第五十一段　菊花 …… 99
第五十二段　粽子 …… 100
第五十三段　相见难 …… 101
第五十四段　无情人 …… 102
第五十五段　分离 …… 103
第五十六段　泪湿袖 …… 104
第五十七段　藻虫 …… 105
第五十八段　荒凉居所 …… 106
第五十九段　东山 …… 108
第六十段　橘花 …… 110
第六十一段　染河 …… 112
第六十二段　空遗枝 …… 114
第六十三段　九十九岁 …… 116
第六十四段　玉帘 …… 118
第六十五段　在原其人 …… 120
第六十六段　三津浦 …… 124
第六十七段　浮云 …… 125
第六十八段　住吉滨 …… 127
第六十九段　狩猎使 …… 129
第七十段　渔夫之船 …… 133

第七十一段	神桓	134
第七十二段	大淀松	136
第七十三段	月中桂	137
第七十四段	重重山峦	138
第七十五段	海藻	139
第七十六段	小盐山	141
第七十七段	春之别	143
第七十八段	山科邸	145
第七十九段	千寻之树	147
第八十段	衰败之家	149
第八十一段	盐釜	151
第八十二段	渚院	153
第八十三段	小野	157
第八十四段	悲别离	160
第八十五段	飞雪	162
第八十六段	各自存	164
第八十七段	布引之瀑	166
第八十八段	月难赏	169
第八十九段	道听途说	170
第九十段	樱花	171
第九十一段	惜春逝	173
第九十二段	无篷舟	174
第九十三段	尊卑	175
第九十四段	春花秋叶	176
第九十五段	牵牛星	178

目 录

第九十六段	天之逆手	180
第九十七段	四十寿贺	182
第九十八段	梅绢花枝	183
第九十九段	骑射之日	185
第一〇〇段	忘忧草	187
第一〇一段	奇特的藤花	189
第一〇二段	恍世	192
第一〇三段	不眠夜	194
第一〇四段	贺茂祭	196
第一〇五段	白露	198
第一〇六段	龙田河	199
第一〇七段	知心雨	200
第一〇八段	浪湿之岩	203
第一〇九段	惜命	204
第一一〇段	结魂	205
第一一一段	未见之人	206
第一一二段	须磨渔夫	208
第一一三段	心焦	209
第一一四段	芹川行幸	210
第一一五段	都岛	212
第一一六段	浪檐	213
第一一七段	驾临住吉	214
第一一八段	不绝之爱	216
第一一九段	遗留物	217
第一二〇段	筑摩祭	218

5

第一二一段	梅壶 …………………………………………… 220
第一二二段	井出之玉水 ………………………………… 222
第一二三段	鹑 …………………………………………… 223
第一二四段	同心人 ……………………………………… 225
第一二五段	最终之路 …………………………………… 226

后记 ……………………………………………………… 227

初 冠[1]

从前,有一男子[2],刚过加冠式,因在奈良一个叫春日的村庄里拥有一块领地,就前去鹰猎。这个村庄里居住着一对长相十分秀丽的姐妹。这男子就从缝隙处偷窥她们的容貌。未想到在这样一个老旧的村子里居然有如此姿色的女子,这男子不由得心旌摇曳。于是,男子便将猎服的下摆割下一块来,在上边写了一首诗送给了那一对姐妹。因这男子穿着的是信夫褶的猎服,遂即刻这样吟咏道:

> 得逢汝惊鸿之姿,
> 恍若春日野嫩紫。
> 心如紫色信夫褶,
> 缠绕纷乱难自已。

如此恰逢时机,得以即兴作诗赠予佳人,定使人不胜愉悦。这首诗与下面这首诗有着异曲同工之妙:

> 我心乱若信夫褶,
> 始作俑者唯一人。

以前的人都是如此情感丰富、风流雅致呢!

《伊势物语》评析

注

[1] 初冠标志着贵族青年男子已成年,从此可以正式踏入社会。在当时,初冠的年龄通常是十一岁到十六岁,到了平安后期十一二岁便行初冠之礼的贵族变多了。初冠时候名字和着装都会有变化,相当于当今的成人式。

[2]《伊势物语》以和歌(日本古诗)和情节相结合的方式讲述了主人公"男子"从初冠到死去的故事。《伊势物语》中的故事一部分以平安贵族在原业平及其周围的人为原型创作,有的故事虽然与在原业平毫无关系,但也将某男暗示为在原业平,因此,可以认为《伊势物语》的主人公就是在原业平。在原业平的父亲阿保亲王是平城天皇的长子,后放弃皇族身份,由嵯峨天皇赐姓"在原"。

评析

这一段发生在迁都平安京之前的旧都奈良的春日里。刚刚成年的男子在祖传的旧屋里住宿的时候,窥视到了隔壁美丽的姐妹,被美貌打动的男子毫不犹豫地切下衣服的一角并在上边写诗一首。这可以说是非常积极主动的行为了。初冠标志着《伊势物语》的主人公已成年,男子此时便如此激烈地表达了爱情。作者要描写的正是一个不谨慎处事、为爱而生的青年贵族形象,为后文男子的行为埋下了伏笔。

西 京[1]

从前,有一男子。都城自奈良迁出。新城中,人们尚未安定,在城西住着一位女子。该女子生得秀雅绝俗,但比起不俗的容貌来更难得的是一颗玲珑之心。这样一位才貌双全的女子必定有相许之人。但这男子仍旧对她怀有真挚的感情。一次,这男子在女子处与她隔着帘子交谈了一夜[2]。刚回到住处,男子又开始强烈地思念她。恰逢三月一日,对着外面淅淅沥沥下着的雨,男子吟咏了这样一首诗:

> 与君一夜共耳语,
> 辗转反侧至天明。
> 春日霖雨淅淅落,
> 望断忧思度日长。

[1] 西京:位于横穿京都中心的朱雀大路的西侧。

[2] 隔着帘子交谈了一夜,或者不是指单纯的对话,而是指二人发生了男女之情。

评析

在第一段中,男子为旧都奈良美丽的姐妹倾倒,但是所倾倒的只是美貌。在第二段中,男子迷恋西京这位女子,这女子不仅容貌出众,而且性情优雅。可见男子此时不再局限于女子的外貌,开始看重内涵。

另外,在第一段中,男子赠送和歌给姐妹之后并未在意对方的感想。而在第二段中,男子开始在意女子对两人约会的想法,从这两方面可以看出男子在心性方面的成长。

鹿尾草[1]

从前,有一男子,给曾经爱慕的女子送了一株鹿尾草,并且附了这样一首诗吟咏道:

幸得汝之意绵绵,
屋陋景荒又何妨?
长袖相叠情意暖,
何时又能共枕眠?

不过,这位女子是二条后藤原高子[2]。这里讲述的是高子尚未入宫成为清和天皇的女御[3],仍为藤原家小姐的时候发生的事。

注

[1] 日语中鹿尾草和卧具谐音。

[2] 二条后藤原高子(842—910):藤原长良之女,贞观八年(866)成为清和天皇的女御,是阳成天皇的生母。

[3] 女御:日本古代平安时代皇宫妃嫔的阶位,按身份排:皇后/中宫、女御、更衣。

评析

　　第二段描写了男子跟心仪已久的女子成功约会的激动心情，第三段则描写了获得爱情的男子的喜悦心情。在这一段中，男子最终获得了他理想中的爱情，但是，他似乎并没有觉察到所面临的危险。

　　二条后藤原高子是藤原氏为了排斥他族、进一步巩固权力的一颗棋子，她是要被安排进宫做天皇的妃子的。而在原业平不过是赐姓亲王的后代，并无政治势力和影响，因此，他与高子的爱情最终只能以悲剧收场。他所谓的爱情赞歌其实蕴含着爱情的破碎和前途的破灭。这是这一段的内涵所在，也为后面的发展方向做出了铺垫。

西 殿

从前,在左京的五条[1]街,在皇太后[2]私邸的西殿中住着一女子。有一男子仍然深深爱慕着这女子,往来于她的住处。在正月十日左右,女子搬离了住处,不见了踪影。这男子虽然打听到了女子去向,但因那不是一般人可以随便出入的地方,所以即使心情苦闷也只能作罢。

翌年正月,梅花正盛时,这男子不禁想起去年种种,便重回五条街的西殿,时而站着远望,时而坐着观赏,时而环视四周景致,却再不似去年的感受。住在这里的人已不在,收掉幔帐被褥的地板上也空空荡荡,这男子静静地躺在地板上,看着月亮渐渐西斜,不禁潸然泪下,吟咏起去年的种种:

> 月非月来春不春,
> 暑去寒来物已非。
> 春宵暖帐与谁共?
> 照壁孤灯伊人去。

直到天蒙蒙亮的时候,这男子才含泪离开。

《伊势物语》评析

注

[1] 五条：与第二段中的西京相对，这里是东京，也称左京。横穿平安京东西大路正中间的朱雀大路从北边数称作一条大街、二条大街，直至九条大街。当时的五条大街相当于现在的五条大街北边的松原大街。

[2] 皇太后：当时住在东五条的邸宅中的人是仁明天皇的皇后、文德天皇的母亲顺子（左大臣藤原冬嗣的女儿）。因此，当时的读者看到此段的第一句就会想起顺子皇太后。

评析

文中所述住在西殿的女人应该就是清和天皇的女御，即阳成天皇的生母藤原高子。正如在第三段所说，高子对于藤原氏来说，是维持藤原氏权力非常重要的人物。应该说，她的命运早已经被安排好了。第四段描写不知道她躲到哪里去了，其实就是指向宫里。宫中是一般人所接触不到的禁地。一年之前女子居住的屋子现已人去楼空，男子非常悲伤，躺在地板上长时间地哀叹，并且咏了一首和歌。这是在原业平惯用的对句咏诗方式，即采用不变化的自然现象来比喻自己。这种方法其实是受到了中国古代诗歌的影响。

比如刘希夷的《代悲白头翁》：

……

今年花落颜色改，
明年花开复谁在？

◎ 第四段 ◎

年年岁岁花相似,
岁岁年年人不同。

这首诗被收录进了《和汉朗咏集》,非常受平安贵族的喜爱。另外,晚唐的赵嘏也采用类似手法作诗歌《江楼有感》:

独上江楼思悄然,
月光如水水如天。
同来玩月人何在,
风景依稀似去年。

看守人

　　从前,有一男子,常暗中去拜访住在东五条附近的一女子。因要避人眼目,故不便从大门进去,就从孩童们踩坏的土墙坍塌处进出。因这宅子并不是旁人能频繁出入的地方,男子经常往来于此,于是被女子的父亲察觉。女子父亲每晚派人在男子进出的地方把守。因为有人守着,男子虽然去了,可是没有办法再见女子,只能返回。于是咏了一首诗:

　　　　土垣残墙似鹊桥,
　　　　看守无情把关严。
　　　　只盼夜夜尽酣睡,
　　　　再搭鹊桥有情人。

　　女子知道男子所咏诗歌之后,便终日郁郁寡欢。后来,女子父亲因不忍女儿痛苦便允许了男子的拜访。实际上,是二条后与那男子暗通款曲,被人议论纷纷,二条后的兄长们[1]便加强了守卫。

　　[1] 二条后的兄长们:指的是藤原国经和藤原基经。藤原兄

弟在《伊势物语》中扮演的是阻碍业平高尚纯洁爱情的角色。

 评析

男子咏了一首诗歌之后，主人（高子的父亲，这家的主人）就允许他来拜访这个女子了。此处体现了男子的和歌所具有的打动人心的力量。当然，这首诗是男子独自吟诵的，为什么会传到女子的耳朵里进而使得女子感到心痛呢？这就是故事性比较明显的地方了。在现实社会里，无论所咏和歌如何感人也不会改变这种状况，但在物语的世界里就能够轻易改变困难的境况。这其中或许隐藏了作者试图夸大和歌力量的意图。

然而，第五段中的主人允许两个人的关系，与第四段中女子不知所踪、男子悲痛欲绝的场景就截然相反、互相矛盾了。按照第四段，这家的主人应该是皇太后，如果是她的话，她是绝对不会允许这两人的关系继续下去的。因此，第五段放在第四段之前或许更合适。

《伊势物语》评析

第六段

芥 河

  从前,有一男子,向一位苦恋不得的女子求婚多年,在一个茫茫黑夜两人终于逃了出来。在一条名叫芥河的河边,男子携着女子赶路时,女子指着河边草尖上的露水问道:"那熠熠生辉之物谓何?"男子那时不得不继续赶路,便没有回答。而此时夜也渐渐深了,雷声轰鸣,大雨倾盆而下,男子也不知是鬼出没的地方,就将女子带到一个没有守门人、敞开门的仓库里。男子将女子安置在仓库最里边,自己则背着弓箭和箭囊守在门口,一边盼着早点天亮,一边坐下来等待。而在这期间,仓库里的鬼将女子一口吃掉了。女子发出了"啊"的惊叫声,却被轰鸣的雷声掩盖,故男子并没有察觉。在男子的焦急等待中,天终于露出了光亮,男子返身进入仓库时,空荡荡的仓库里哪里还有昨夜带来的女子的身影!这时男子即便捶胸顿足、悔恨哭泣也无可奈何了,只好咏和歌如下:

    芥河凛凛风呼呼,
    寒露辉辉似玉珠。
    伊人娇问其谓何,
    心焦腿急应白露。
    音容笑貌随风去,

第六段

如今空留悔恨身。
苦闷凄凉何处诉，
愿随伊人化露珠。

这个故事是通过二条后高子以侍奉其堂姐藤原明子皇后的名义住在宫中时发生的事情演化而来的。因高子是位不可多得的美人，那男子对高子思慕已久，便想和她私奔，而中途正好遇见堀河大臣基经和大纳言国经。那时两位兄长官位尚低，进宫参谒时听到有人在大哭，便阻止了那男子带走高子，并将高子送了回去。后来就将这件事说成遇到了鬼。这是发生在二条后年纪小尚未正式入宫之前的故事。

评析

这一节提到了"鬼"，这里的鬼指的是二条后的兄长藤原国经和藤原基经。他们两个去拜访二条后的时候，听到女人的哭声，于是将女人带回家了。而文中所描述的鬼吃女子的故事是基于事实的物语虚构方法。一直持续到这一段，男子的恋爱才终于迎来了结局，他触怒了藤原兄弟，因此在下一段的描述中，男子被迫东下，即流放。

男子费尽心机，花费了很多时间和精力终于赢得了女子的心并带她私奔，却在一夜之间失去了她，文中用"捶胸顿足"来形容他此时的心情。而且他还因此被流放，可以说男子因为爱情失去了一切。

归　浪

　　从前，有一男子，在京都难以自处，只好前往东国。在到达伊势国[1]和尾张国[2]之间的海岸时，他看到白浪翻滚的景色，便不禁如此吟咏道：

　　　　　东去戚戚路难行，
　　　　　离乡远去始觉思。
　　　　　白浪滚滚磅礴势，
　　　　　只因涛涛可西行。

注

　　[1] 伊势国：位于今三重县。
　　[2] 尾张国：位于今爱知县。

评析

　　在这一段中，男子已经出发去东国，开始了流离生活。途中的美丽山河景色能否治愈男子失去恋人又被迫背井离乡的伤感心情呢？然而，男子始终关注的却是翻滚的浪花。浪花翻滚来翻

◎ 第七段 ◎

滚去还是会回到原点,而自己只能离京都越来越远,不知今生是否还能回来。这一段表现了男子对充满漂泊生涯的悲凉和不安的心情。

《伊势物语》评析

浅 间 山

从前,有一男子,因在京都再难居住下去,便与一二友人同行前往关东地区寻找住处。在途中看到了信浓国浅间山[1]喷起的火山灰云,便咏诗一首:

> 信浓浅间云烟升,
> 远近人家以为常。
> 喷云吐雾难尽言,
> 远客只顾驻足叹。

注

[1] 浅间山:有史料记载的日本最古老的活火山之一,至今已喷发多次。

评析

这一段将男子东下路过浅间山的经历描写出来,因为浅间山火山对于京都的人来讲是非常珍奇的景象。这与第九段描写富士山是出于同样的原因。这两座活火山被当时的人视为神山。

东　下

　　从前有一男子,他觉得自己是无用之身,并且在京都已无立足之地,便离开京都前往关东地区以期能寻到一容身之处。[1]有老友一二人与其一齐前往。因没有识路之人,一行人便索性慢慢前行。随后就来到了三河国[2]一个叫八桥的地方。因此地河水分别流向八个方向,其桥由八块踏板组成,故起名为八桥。男子一行下了马,在这片河滩附近的树荫下坐下来吃了些干饭。那时正值这片河滩长满了盛开的燕子花。看到此景,同行的一人说道:"诸位不如以'燕子花'[3]为题头,吟咏一下此时的旅情如何?"故此,这位男子咏道:

　　　　华美唐衣似娇妻,
　　　　日日相伴难舍离。
　　　　如今离京远卿卿,
　　　　旅途遥遥又戚戚。

　　听到此诗,随行的人不禁落下泪来,泪水落在干饭上,将干饭都泡得软了。
　　这行人继续前行,到达了骏河国[4]。一到宇津山[5],前方的路就变得幽暗狭窄,而且长满爬山虎和槭树,众人不得不小心谨慎起来。正当众人担心是否会遭遇一些不测时,却遇到了一位游行僧人。"为何会走到这里来呢?"僧人问道。众人仔细一看,原来僧人是他们认识的人。男子因思念京城那位身份尊贵的女子,便拜托他带信,信的内容就是这首诗:

> 骏河宇津路难行,
> 树茂草高人稀稀。
> 如今梦中再难逢,
> 独留我身空余恨。

走到可以望见富士山时,虽说已到了五月末,山上却仍然堆积着厚厚的白雪。看到此景,男子又吟咏道:

> 富士不知时节改,
> 山势巍巍雪皑皑。
> 若问如今谓几时,
> 麂鹿呦呦雪希希。

如果要拿京城的比叡山相比的话,这富士山相当于二十个比叡山那么高,形状像是盐田上的沙堆。

之后,一行人又重新上路。在武藏国[6]和下总国[7]之间有条大河,名隅田川[8]。众人坐在河岸边,望着这河水,想着曾经在京城的种种,若是渡过这条河,离京城也就越来越远了。一想到此,不禁悲从中来。这时,隅田川上渡河的船夫说道:"快点乘船过去吧,天很快就要黑了。"闻此,众人便上了船。在船上,一行人心中都难掩苦闷,思念着留在京城的爱人,昔日之景不断浮上心头。就在这时,只见一只长着红色的喙和爪子,和鹬一般大小的白色的鸟儿在水上一边嬉戏一边捕鱼吃。众人在京城中从没

见过这样的鸟儿,谁也不知道名字,于是向船夫寻问。船夫答道:"这不就是都鸟嘛!"男子听了便咏道:

隅田川上思渐远,
忽见都鸟喜不禁。
都鸟都鸟莫飞走,
可知我爱平安否?

听到此诗,船上的人都不禁落泪。

[1] 在日本,从古代就有将身份高贵的人流放的经历用文学形式表现出来的传统。折口信夫将其命名为"贵种流离谭"。流放的原因通常是触犯了神所不能接受的一些禁忌,而流放则是自己对神进行赎罪的过程。《伊势物语》中的男子之前犯下种种罪行,他也将在流放的途中得到救赎。这也是遵循了传统的物语表达方式。

[2] 三河国:今爱知县东部。

[3] 燕子花:日文发音为「かきつばた」,此歌原文为「からごろも きつつなれにし つましあればはる ばるきぬる たびをしぞおもふ」。每句的词头合起来便是「かきつばた」。

[4] 骏河国:今静冈县中东部。

[5] 宇津山:位于今静冈市骏河区丸子与藤枝市冈部町交界处。

[6] 武藏国:今东京都及埼玉县大部分,以及神奈川县东

北部。

　　[7]下总国:今千叶县北部与茨城县西南部。

　　[8]隅田川:流经东京都东部的河流。

评析

　　男子前往东国的旅途被称为"东下"。该段描述途径八桥、宇津山、隅田山的场景。开头写男子在京城中已是无用之人,因此他离开京都前往东国去寻找新的世界。对于男子来说,东国是未知的地方,正因为如此,他怀抱着对东国的希望开始了旅程。

　　在八桥一节中,听了男子所咏之歌后,同行的友人纷纷落下眼泪,这一句的描写说明了友人们被他的歌感动。而泪水落进了碗里,将干饭都泡软的描写又让读者想象当时的场景,友人们究竟流了多少泪水才能将干饭泡软。让人感动的同时又富有幽默的描写体现了作者的写作功底。

　　在宇津山一节所咏和歌中,感叹"在宇津山谷中的我不能与远在京城中的你相会,然而在梦中居然也见不到你"。在平安时代,梦到一个人的时候,说明那个人的灵魂脱离肉体来到自己的梦中。如果对方的灵魂从来不在自己的梦中出现的话,说明对方丝毫没有想念自己。因此,这首和歌实际上表达了男子"我对你的思念从来没有改变,但是你已经将我忘得一干二净"的怨念。幽深狭窄的宇津山谷诱发了男子对爱人的思念之情。

　　男子一行乘船渡过隅田川。越过隅田川之后,就从武藏国进入下总国,终于要真正踏入他乡了。旅途的目的是寻找"适合生活的地方",然而,此时寻找适合生活的地方的感觉全无,只有强调即将离开京城的寂寥之感。而船夫没有体恤之心的催促登船的举动更是增加了男子心中的不安和孤寂。

在这一段中,寂寥之感和思念之情互相交错。男子对新生活的向往之情和对女子剪不断理还乱的恋慕时常在他的心中交替出现。

田　雁

从前,有一男子,漂泊至武藏国时,向居住在该国的一女子求婚。该女子父亲只是一个地方官,但母亲是藤原家族的人。虽然父亲已表示想将女子许配给另外一位男子,但母亲意在将女儿许配给身份高贵之人,而这男子正符合母亲的要求。结婚之前,女子母亲作了一首诗歌给这男子送去。这男子居住的地方是入间郡的三芳野。这首诗歌如下:

　　　　曳板田间落雁鸣,
　　　　尤似吾女深深情。

这位男子如此回道:

　　　　三芳野雁声声慢,
　　　　没齿难负女子情。

这男子即使离开了京都,身在地方也难断其风流韵事。

评析

在这一段中,男子向女子求婚。女子的父亲在武藏国的三芳野有广袤的土地和雄厚的财力,可以说是豪族一般的人物。在平

第十段

安时代,在京城中不能进入上流贵族阶层的很多贵族便到地方任职,任期满了之后不回京城者也有之。这些人便成为地方的豪族,拥有私田和权势。本段中女子的母亲是从京城来的藤原氏出身的人物,即使是藤原氏的末流,只要拥有藤原氏的姓氏,在乡村里也足以值得炫耀了。这位母亲试图炫耀她的优越感,然而在男子眼里并不足道。

女子的父亲认为当地的男子更为可靠,母亲却向往都市文化和贵族生活。然而,母亲的都市风格早已被乡村的气氛所同化。比如母亲在向男子所咏的和歌中,提到了"田间",把自己的女儿比作"田间中的大雁"。从此处可知,即使是藤原氏出身的女子,在乡间耳濡目染之中,视野也只能停留在乡间了。男子在回复的和歌中,将女子母亲的和歌词汇编入其中,可以说是对她的嘲弄。而且,作者将贵族象征的姓氏"藤原"举出来作例子,也可以认为是有意对藤原氏进行嘲讽。

在前一段中还对京城的女子念念不忘的男子,到了武藏野便对其他女子求婚,对此,文末评价男子"即使离开了京都,身在地方也难断其风流韵事"。从此处可见男子的好色之心。当然也可以认为这是男子在试图寻找"适合生活的地方"的同时,寻找能够慰藉他心灵的女子,可以说是他开始新的人生的行为吧。

《伊势物语》评析

皓　月

从前有一男子，他在前往关东地区途中给友人寄去了一首诗：

> 皓月当空终不改，
> 那年风华勿相忘。

这一段描写了男子给京城中的男性友人写信。从前文可知，男子东下有几个友人相伴而行，那么从此段可知在京城中还有默默支持着男子的友人。从男子的信中能体会到男子远离京城的悲伤之情。

盗　贼

从前,有一男子,诱骗掳走一女子并与她相伴前往武藏野。因其诱骗偷盗之举,国守将其捆绑起来带走了。被捕之时,男子将女子藏在了草丛中。后来又有一批追兵顺着男子踪迹追来,那官吏推测说道:"那盗贼似乎就藏在这片田野中。"说着便想将这片草丛点燃烧死男子。这个时候却听到女子悲痛欲绝地吟咏道:

　　苦求莫烧武藏野,
　　此处深藏连理枝。

追兵们听到此歌便心中明了,他们将女子同被抓的男子一齐带走了。

评析

在这一段中,先是描写男子将女子藏身于草丛中,后来在女子所咏的和歌中又表明男子也跟女子藏身于一处。两处描写互相矛盾。

在第六段中就描写了男子将女子诱出相携而逃,只是在这一段中,男子被定义为"盗贼",并被逮捕。这是与第六段不同的地方。与第六段相同的地方是男子都将诱来的女子藏了起来。

另外,在这一段中只有女子咏和歌,男子并没有咏和歌,这也是《伊势物语》中比较特殊的一段。

武 藏 镫

从前,有一男子暂居武藏国。男子给一居住在京城的女子写信说:"风流传彼处,言之羞愧,无言难过。"并在信封上写下"武藏镫"[1]。男子在将这封信寄出去之后便没了音信。而在京城的那位女子,犹豫再三后给男子寄来了这样一首诗歌:

　　　　心欲弃兮难舍离,
　　　　信纵断兮苦伤情。

看着女子寄来的信,男子心中更为痛苦,又咏道:

　　　　鸿雁往来宛如刀,
　　　　吾情沉沉唯弃世。

[1] 男子将武藏特产武藏镫写在信封上,意在表明自己身在武藏。"镫"的日语发音同"相见",同时暗含"脚踏两条船"的含义。

《伊势物语》 评析

评析

　　男子离开京都到东国去寻求适合居住的地方的时候,在武藏野与当地的女子有了男女之情。武藏野的女子是乡下女子,自然无法与京中的女子相比。因此,男子怕被京中的前恋人耻笑,不愿意向其告知自己已经与武藏野的女子缔结姻缘。然而,不将此消息告知前恋人又不太符合当时贵族阶层的文化生活习惯,因此,男子只好用简单的话语将此消息告知前恋人。

　　男子一方面想在东国与新的女子开始新的生活,另一方面又无限怀念京中的女子。男子的信表达了他的矛盾心情。

　　而京中女子的回信也回应了男子的矛盾心情,"没有你消息的时候我非常担心及痛苦,收到你的信之后,知晓你已经移情别恋,我感到嫉妒"。而男子收到这封回信之后,越发感到矛盾,本来自己已经决定在东国开始新的生活,女子的回信一下子将他拉回到了难以割舍的过去。最后一句说自己死了算了,虽是夸张的说法,这也正是他矛盾达到极点的内心告白。

臭 鸡

从前,有一男子,随性而走到达了奥州[1]。当地的一位女子大概觉得京城的人都高贵风雅,不禁十分倾慕这男子。因此,女子咏了这样一首诗歌:

> 情意悠悠只为君,
> 意转切勿为情死。
> 只盼同茧两蚕子,
> 命短仍存夫妇情。

唉,果然连诗歌里都透露着粗俗啊!男子虽这样想着却又有些被女子打动,便前往女子住处共度了一夜。但男子在夜还深时就起身离开了,女子便咏道:

> 夜未散罢田鸡鸣,
> 晨露未凝君已去。
> 定将臭鸡水槽扔,
> 催我夫君夜半离。

男子听闻此歌被女子的粗俗惊呆了,忍无可忍,恨不能立马返回京城。因此,他对女子吟咏道:

《伊势物语》评析

青松从此若为人，
吾定携汝共回京。

然而，女子会错意，感到十分欣喜，便和他人说道："那人似乎正在思念着我。"

注

［1］奥州：陆奥国的别名，今岩手县南部。

 评析

这一段印象最深刻的是陆奥国女子的粗俗。在京都的贵族阶层，男子首先向女子送出求爱的和歌和书信，女子对男子的示爱表现出矜持克制，在回信的时候也会斟酌词句。但是在这一段中，女子非常直接热烈地表达了她对男子的倾慕之情。这对习惯于京都优雅生活的男子来说是无法接受的。

在第九段中，男子被迫流放，但是《伊势物语》描述的是他去寻找适合居住的地方，然而他一路走来直至这陆奥国，似乎并没有他理想中的地方。虽说他离开了京都，然而他始终具备作为贵族该具备的教养。在这一段中，男子惊讶于陆奥国这位女子的粗鄙，导致他再也无法忍受，不禁无限怀念充满优雅之风的京都。因此，在这一段的末尾，男子说"我回京都去了"，这意味着他的流放生活结束，人生进入了一个新的阶段，即将开始新的生活。

信夫山

　　从前,在奥州有一位女子。男子在与女子交往时便感觉这女子十分不同寻常。女子丈夫只是一乡野之人,但女子在这样的生活中依旧优雅美丽。故男子便赠予女子这样一首诗歌:

> 信夫山路隐且密,
> 如何通向汝心间。

　　那女子当然也十分倾慕这男子,但当男子发觉她也只是一粗俗不堪的乡野女子时也定是无法忍受吧。还是快快返回京都去吧!

评析

　　跟第十四段男子看待养蚕女一样,他认为与他私通的这位陆奥国的人妻也毫无可取之处,但是意料之外,这位人妻是位不错的女子。因此,男子决定继续与她交往,保持更亲密的关系。然而,作者对男子持有的这种心态进行了嘲讽。认为男子认清这位女子的真实本性之后,便会知晓她也是粗俗之人。这里可以看出作者对陆奥国女子们的轻视和侮蔑。前一段将养蚕女当作笑料来描写,在这一段中又对人妻进行无情的批判,这其中看不到作

《伊势物语》评析

者对人的内心的探求和对人格的基本尊重,显示了作者作为京都人的优越感。

根据最后一句话,可以看出男子的东国之旅要接近尾声了,他最终无法在东国这种野蛮粗俗之地生活下去,还是要回归京都的风雅。作者认为适合男子的生存之地便是京都,那么,回到京都的男子又会迎来什么样的新生活呢?

纪 有 常[1]

　　从前,有一位名叫纪有常的人。他侍奉过三代天皇,身份自然比旁人更为尊贵。但是晚年时,因天皇换代,时局改变,他的生活都比不上普通官员了。纪有常是一位心胸宽广、品行高洁、爱好高雅、超凡脱俗之人。即使生活贫苦,他也依然保持一颗从富贵时就没变过的心,没有因境遇改变就改变自己的生活准则。但是,同他结发多年的妻子与他渐渐疏远,最后削发为尼,前往了她姐姐出家之地。作为丈夫的有常这些年虽然与妻子相敬如宾,但感情淡薄。现在到了要与妻子告别的时候,他对妻子感到一种深深的爱意。但这时他贫困不已,什么都做不了。一番愁闷苦思之后,有常给一挚友写了一封信。信中他诚挚地写道:"事已至此,马上就会与妻子分离了。我除了送别外,就算是很小的事也做不了。"在这封信的后边,有常附了这样一首诗:

　　　　年年岁岁指尖流,
　　　　四十光阴连理枝。

　　友人看到这首诗深受感动,便给有常送去被褥衣物一类的东西,也附了一首诗:

　　　　结发相伴四十载,

《伊势物语》评析

> 情深意厚难舍离。

有常答诗:

> 身着所赠天羽衣,
> 心中无限感恩情。

有常深受感动,遂又赠诗一首:

> 总疑秋露沾衣袖,
> 涕泪不止感君情。

注

[1] 纪有常:《伊势物语》中出现实名的人物都是与在原业平有密切关系的人。纪有常的女儿是业平之正妻,业平的长子是纪有常的外孙。根据史书《三代实录》记载,纪有常是纪名虎的儿子,十八岁便侍奉仁明天皇左右,他的妹妹静子是仁明天皇之后的文德天皇的妃子,是文德天皇的皇长子惟乔亲王的生母。在这一段中说纪有常侍奉了三代天皇,实际上是两代。在惟仁亲王(以后的清和天皇)出生后,惟乔亲王便无望继承皇位,因为惟仁亲王是当时的权臣藤原良房的外孙。惟乔亲王于29岁时出家。因此,纪有常虽说有过显赫的一段时间,但最终还是在朝政中遭到不遇之状。当然,他也不至于贫穷到连衣服和寝具都需要求助于朋友的地步,对此的描写应该是《伊势物语》的虚构创作。但是,纪有常在藤原良房死之前的官位一直滞留在从五位上,明显受到了藤原良房的打压。

评析

到目前的章节为止,《伊势物语》的主人公都只是被称为"男子",没有直接记录实名。虽说第五段和第六段的段末有人物的名字出现,但他们并不是该段内容的主人公。在这一段中,从开头就直接指出"从前,有一位名叫纪有常的人",如此,读者就明确知晓是关于一个叫纪有常的人的故事。因此,这一段的主人公不再是之前的"男子",而是这个叫纪有常的人。为什么在这一段中要将纪有常作为主人公呢?从内容可知,刚刚结束了东国流放生活的业平恢复了之前的富有,而纪有常处于困顿之中。作者之所以这样写也是为了对应之前的业平的遭遇。业平因为与高子私通,触犯了藤原氏的权益,因此被流放。而纪有常因为是惟乔亲王的舅舅也受到打压。在这一段中,作者毫不掩饰对纪有常的赞美,即使身处困境也不向藤原氏低头,表现了他清高孤傲的性格。纪有常在生活陷入困境之际求助于朋友,于是这位朋友送给他非常珍贵的衣服和寝具。对此,纪有常咏了两首夸张的诗歌感激朋友的馈赠。这个朋友可以认为就是《伊势物语》的主人公在原业平。本段意图借纪有常来间接地表现在原业平的慷慨、富有、重情义。

久别之人

　　常年都未曾来拜访、联络过的男子于樱花盛开之时突然前来赏花,这家主人吟咏道:

　　　　都道樱花易散尽,
　　　　情谊难尽待终日。

　　男子答歌道:

　　　　身若不现花尽落,
　　　　落花残雪谁来赏。

评析

　　这一段的开头比较特殊,没有以《伊势物语》特有的"从前,有一男子"作为开头。虽然有的段落的开头部分要么没有"有一男子",要么没有"从前",但是两者都欠缺的只有这一段。

　　这一段很简短地描写了男女时隔很久再次约会时的场景。女子咏了一首和歌,实际上是借赞美樱花来表达自己对男子久未拜访的怨恨之情。而男子也不甘示弱,表达了自己在这优美的樱花盛开之夜来拜访是多么合适。虽然二者给读者的感觉是通过和歌来一较胜负,但也给读者展示了一对贵族男女一边欣赏盛开的樱花一边对咏和歌的美丽场景。

白　菊

　　从前,有一位女子,心地单纯,爱好风雅却有失稳重。有一男子住在女子附近。女子擅长咏诗诵歌,想着如何才能吸引男子注意,于是折了一枝有些泛红了的败菊附着和歌送往男子处:

　　　　风雅红晕何处赏,
　　　　只见白雪压弯枝。

　　男子虽然心中完全领会女子的意思,却故作不懂,答诗云:

　　　　哪是白菊红覆雪,
　　　　袖摆黏香惹鲜艳。

评析

　　虽然日本也有野生的菊花,但是唐代大量栽培的菊花传到日本是在奈良时代。那时候的菊花都是小菊花,有黄菊、紫菊等。黄菊在中国比较受欢迎,而日本人更喜欢散发着淡淡香味的白菊。女子赠予男子白菊,并且咏和歌一首。女子心性不成熟,但是想强扮风情。白菊在开花后不久就会从下往上带点红色,这在当时被认为是喜庆的事情。红色和紫色是恋情的象征。女子将

第十八段

稍微带一点红色的白菊赠予男子,并且在和歌中问道:"这个白菊的什么地方是红色的呢?"其意图是问男子:"听说你是好色之徒,但是你看起来不是这样子的。"然后等待男子的回应。

恋情的和歌通常是由男子一方先发出,女方处于被动接受的位置。像本段中的女子,为了吸引男子而积极地先咏和歌的例子实属意外,表现了女子不成熟的心性。男子虽非常了解女子的意图,却装作不知。因此,在和歌中写道:在一抹红色的上面看到的是白色的菊花,这个白色是你的衣袖的颜色吧。当时的贵族着装都是将几层衣服重叠起来穿,并且根据季节的变化,外层衣服的花色也随之变化,菊花便是秋季衣服的花色。男子和歌的意思是:你的外层衣服是白菊的花色,但是内衬的衣服是红色的吧。暗讽女子的好色之心。

实际上,在《伊势物语》中,作者认为比带有乡村之气的女子更令人厌烦的是心性不成熟的女子。

青 云 远

从前,有一男子与一服侍天皇妃子的女官私订了终身,但不久之后完全抛弃了那女官。即使同在一所宫院内,男子的身影时时闯入女子眼帘中,但那男子完全无视女子。女子因此咏道:

> 渐行渐远空中云,
> 身姿影绰目中留。

男子答诗云:

> 山风吹云云远去,
> 君先厌我自不留。

男子如此答诗是由于听闻那女子出轨了别的男子。

评析

这一段讲述了已经分手的一对男女的故事。女子是天皇妃子身边的高级侍女。女子将已经分手的爱人比作天边的云,意指男子已经在自己够不着的地方,二人已经断绝了关系。这首和歌里充满了女子的悲伤之情。男子因为工作关系偶尔会到后宫里来,女子见到他的身姿,听到他的声音,内心无比纠结,她仍然爱着男子。然而,男子却回信说,他们分手的原因不在他,都是因为女子。男子的心已经冷却,因此毫不留情地对女子进行指责。那么,二人分手的真正原因是什么呢?

实际上,此处的女子应是纪有常的女儿。她侍奉的是文德天皇的妃子,即纪有常的妹妹静子,静子是该女子的姑姑。业平与有常的女儿结为夫妻,但是在交往过程中出现了难以调和的矛盾。从二人的和歌中看不出女方有其他相好的男人,因此,最后一句话的评价纯属作者的臆造,意在抹黑女子,为业平进行辩护。

枫　叶

　　从前，有一男子，向一位住在大和[1]的女子求婚并结为夫妇。由于该男子是宫中之人，之后不久便回京城了。在回京城的途中，正值三月，男子便折下变红了的美丽的枫树新叶，并附上一首诗歌送往这女子的住处：

　　　　正是三月春意浓，
　　　　归途堪折枫叶拂。
　　　　此枝艳若秋枫叶，
　　　　寄卿诉我相思意。

　　该女子的回信是在男子到达京城后由他人送来的：

　　　　大和春色依如旧，
　　　　不觉君心已不复。
　　　　料想君处皆秋色，
　　　　故知厌倦终有时。

[1] 大和：今奈良一带。

评析

男子在回京路上折了一枝红叶并咏和歌一首一并赠予女子。这也是古代通婚的一种方式。歌中说道：虽说是春天的红叶，但是它那美丽的红色代表了我对你的爱。不论这种表达是否出于真心，但是确实能起到取悦女人的效果。而女子并未直接接受这种好意，而是回复：春天并没有红叶，你说的是谎话，你的心意已经改变了吧。二人其实都明白对方的真正心意，只是运用和歌达到调情的效果罢了。

移 情

从前,一男子与一女子深深相爱,从未移情别恋过。尽管如此,不知为何,只因一些小事,女子担忧起夫妻感情来,意欲离开,便咏一诗,写在物件上:

> 一朝去君侧,
> 都道妾轻佻。
> 人言尚可畏,
> 妾心未得瞭。

她留下此歌便离去了。看到女子留下如此诗句,男子极为不解——她与自己本应心心相印、毫无猜忌,为何至此地步?他大哭一场后,出门欲找到女子。到处找寻却不得踪迹,只好回到家中咏下一诗:

> 比翼虽长久,
> 不得与白头。
> 经年长相约,
> 缘结可有时。

之后,心情忧愁,男子又咏一首:

第二十一段

空穴我身苇，
相思未可知。
伊人影似真，
倏尔又亦幻。

这女子久未与男子见面，似是忍耐不住，寄了一首诗过去：

今时妾惆怅，
佳人安相忘。
焉得忘忧草，
不使植心上。

男子回复：

忘草有芬芳，
草子栖心上。
今时应相思，
来时方相忘。

此后，二人畅谈更甚从前，男子咏道：

相忘未有期，
疑君有两意。
思君心如是，
我心愈戚戚。

女子回复：

浮云尽穹宇，

《伊势物语》评析

丝缕了无痕。
妾身亦缥缈,
离君无所托。

虽如此,二人却最终各自找了情人一起生活,关系也生疏了。

评析

这一段可以分为四个部分。第一部分是女子离家出走;第二部分是男子思念女子,因此咏歌两首以寄情思;第三部分是女子与男子互赠和歌;第四部分是二人彻底分离。

第一部分描写了女子留下一首和歌之后便离家出走,文中并没有描写离家出走的具体原因。根据当时的社会风气,应该是男子另外结交了其他女人,引起了女子的不满和愤怒吧。然而从男子的角度来讲,他并不认为自己做错了事情,反而认为自己对该女子的爱恋并没有消减或消失,女子为什么要为此而烦恼呢?这便是男女在对待感情问题时价值观的不同之处。而从作者的行文来看,他是跟男子是同一立场的,认为女子因为不知所然的小事情就要离家出走,表现了当时的男性对女性的轻视。

第二部分描写了男子对女子的思念之情。第一首和歌表现了男子被女子抛弃之后的不甘心。他自认为二人度过的那些岁月是那么的幸福,是真实存在的,为什么一夜之间就化为泡影,女子就如此绝情地离他而去呢?男子并未反省自己的行为,不知道二人的裂痕出现在何处,由此可以看出男子以自我为中心的性格。第二首和歌描写了男子梦到女子之后的感想。在古代日本,相爱的人出现在自己的梦中,意味着对方也在思念着自己。因此,男子以为女子出现在自己的梦中,皆因为女子也沉浸在对自己的思念之中。

第三部分是二人关于忘忧草的和歌对答。忘忧草在奈良时代由中国传入日本,在和歌中主要用于表达忘记失恋带来的痛苦。女子虽说离家出走,最终还是无法忘记男子,饱受思念之苦之后,还是与男子又有了来往。女子在和歌中表达了自己依然爱着男子,并且希望男子依然像以前那样爱着自己。然而,男子对该女子已经失去了信任感和安全感,一直怀疑这女子的真实感情,并且自己饱受这种怀疑执念的折磨。

第四部分是二人的彻底诀别。由于男子的不信任,女子最终决定彻底离开男子。二人的姻缘至此彻底结束。

秋夜苦短

从前有一对男女,虽然二人之间情意不深,但在分手后还是对对方怀有些许留恋之情。于是女子咏诗道:

> 恨君情意薄如水,
> 犹自痴恋难忘怀。

男子听闻后,不禁得意道:"看吧,她果然还是忘不了我。"随后向女子答道:

> 中洲塞水犹可汇,
> 情深缱绻岂可绝。

当天夜里,他就去了女子家过夜。二人忆及往昔种种又畅叙将来,男子咏诗道:

> 千夜苦短如一夜,
> 秋夜八千犹不足。

女子答道:

> 夜短情深诉不尽,
> 鸣鸡已啼东方白。

男子闻此诗歌,愈发喜爱女子,此后更是常常往来于女子家。

在第二十一段中,相爱的男女二人分手后就没有再复合,而在这一段中,二人在分开一段时间后再和好,并且关系较之前更加亲密。那么,产生这种不同结局的原因是什么呢?

首先,男女相爱的程度不同。第二十一段中的二人在分手之前非常相爱,在关系出现裂痕之后,女子离家出走。这说明他们之间的矛盾很难找到别的更好的解决办法。而在这一段中,二人的关系在开始之初不是很亲密,那时候说不定男子同时与几个女子交往,而女子在当时或许已经知晓此情形,后来明白男子不会将爱情只倾注在自己身上,迫于无奈而分手。

其次,男子对待女子的态度不同。第二十一段中,男子自始至终都充满着对女子的不信任感,怀疑女子对自己的爱情是否真实。男子没有从自身反省女子对他的态度发生改变的原因,并且自始至终都没有采取任何改善关系的行动。与之不同的是,第二十二段中的男子在收到女子的和歌之后,第一反应是"果然如此……",他对女子的感情非常信任,没有丝毫怀疑。他在给女子的回信中,也表达了他对二人关系的信心,说二人的感情会像河水合流那样,最终和好。看到这种回信,女子便没有了犹豫,再次接纳了男子。并且,男子在送出回信之后,便不再等待女子的信息,直接去了女子家里共度了一夜。这里体现了该男子的行动力,这些做法让他轻易地挽回了女子的心。

《伊势物语》评析

　　二人共度良宵之后的和歌赠答表现了他们对目前情形的极度满足,因此所咏和歌便有了些许夸张的意味。由于缺乏真实性,总让人感觉没有像开头的和歌那样流露出真情实感。

筒 井 筒

　　从前,一群居住于乡间的小童常前往水井附近玩耍。男童与女童成年之后有了羞涩之心,便不再前往水井附近玩耍,但其中一男子与一女子之间早已互生情意,暗中认定对方为自己的另一半。而女子父母意欲将女子许配给另一男子,女子拒绝了。这期间,住在隔壁的男子给女子赠诗一首:

　　　　　　幼时玩乐测井栏,
　　　　　　如今成人盼见君。

女子答曰:

　　　　　　旧时垂发互比长,
　　　　　　而今青丝为谁束?

　　女子与男子用诗歌互表情意,最终,两人如愿以偿结为夫妇。之后,不知过了几年,女子父母仙去,女子家中再不能维持优渥家计,男子内心盘算着:难道就这样陪伴女子过贫苦的生活吗?遂在河内国高安郡[1]又结新欢。虽说如此,女子却不见一丝恼恨,将男子送往新欢处。男子见女子如此爽快,不禁怀疑女子是否另有情人,于是表面上装作要前往河内国的样子,然后却隐藏在庭院绿植中窥视。只见女子精心装扮后便沉入忧愁中吟咏道:

> 风吹白浪越龙田,
> 夜半翻山空寂寥。

男子听闻此诗,不禁对女子生出无限怜爱之情,最终没有前往河内国。

偶尔男子前往那高安郡,起初那女子还会精心装扮,但如今疏忽大意,竟然亲自拿起了饭勺从饭桶里盛饭。男子见了只觉讨厌,便不再前往那女子处了。而那河内国的女子一直眺望着大和国方向,吟咏着:

> 独守空望君之地,
> 雨落犹见生驹山。

终于,男子传信来说"我将前来"。女子喜不自禁等着,然而仅仅只有消息不见人来,这样空欢喜几次后,女子吟咏道:

> 君来夜至空相待,
> 情意难舒日月长。

但男子最终还是没有前来。

注

[1] 河内国高安郡:位于今大阪府八尾市内,古时候为河内国高安郡,属于畿内(相当于现在的首都圈)。

第二十三段

评析

　　这一段可以分为三部分。第一部分是青梅竹马的二人最终结婚的故事。樋口一叶的小说『たけくらべ』就是取材于此。这一部分描写了青梅竹马的二人纯真的爱情。自幼就认定对方为自己伴侣的二人在成人之后互赠和歌再次表明心迹。男子说自己已经长得跟他们小时候经常玩耍的水井一样高了,意在表明他可以结婚了。女子回信说:我的头发已经过肩,我要为你把这长发挽起。在古代日本,女子成人式的时候要把头发挽起来,之后就可以婚配了。

　　第二部分讲述了多年之后,男子移情别恋,但最终又回到女子身边的故事。在当时,如果是男子入赘女方家的话,那么生活上依靠的便是女方父母的支持。而在女方父母去世后,二人失去了生活依靠,为了生计,男子只好去寻找新的依靠,于是就有了他移情别恋于高安女子的故事。当时高安附近有许多朝鲜来的移民,这些人在财力方面很有实力,可以认为男子所依靠的就是这些朝鲜人。按理说,虽说生活贫困,妻子对于丈夫的此种行为也会感到愤怒、嫉妒。然而,妻子丝毫没有表现出这种情绪,这让男子感到不安,甚至认为她有了别的男人。由此可以看出,男子虽说自己移情别恋,却不允许妻子另许他人的自私心理。然而,在男子窥探妻子的言行之后,发现妻子不仅没有怨恨于他,反而为他的安全担忧。丈夫移情于别的女子,作为妻子没有丝毫的嫉妒之心,反而精心化妆等待丈夫归来,并且担心丈夫的安危。这样的女性正是当时贵族阶层的男子所喜爱并且期望的样子。

　　第三部分讲述了男子与高安女子断绝来往的故事。男子去探访高安女子的时候,看到她正在用勺子给自己盛饭。女子在与男子刚开始交往的时候应该展现了她优雅的一面,如今却让男子看到她做这种事的场面。在当时,贵族家庭里都是由侍女盛饭,贵族女子不需要参与生活琐事,只管咏着和歌,谈情说爱,在男人面前表现自己优雅可爱的一面就可以了。这也符合贵族男子的价值观和审美观。因此,高安女子自己盛饭的行为让男子非常不舒服,尤其在看到自己的妻子精心装扮、咏着和歌、担心自己的安危之后便更不能接受高安女子的粗俗了。高安女子对男子的爱情丝毫不输给男子的妻子,但她最终输在了修养方面。这给很多女人提供了警示,女子在恋爱初期会向恋人展示自己可爱优雅的一面,在感情进入稳定期之后就放松了警惕和自我修养,将自己的缺点暴露出来。因此,女人想要保证恋爱和婚姻的质量,不能仅仅要求男人进步,自己也要不断地修炼和努力。

梓　弓

　　从前,有一男子,居于偏远乡下。告知女子自己要入宫为官,不想此去却三年未归。女子苦等未果便厌倦了,故给一诚心求娶的男子传话"愿今夜相见",并与其订立结婚誓言。恰逢此时,男子归来了。男子敲门说道:"可否打开此门?"女子没有开门,吟咏一首诗,并从缝隙中递给男子:

　　　　三年苦等无音信,
　　　　恰逢今夜觅新欢。

　　女子刚将诗句递出去,男子随即咏了一首诗意欲起身离去,此歌为:

　　　　梓弓檀弓榉木弓[1],
　　　　愿君似我甚惜之。

　　女子又咏:

　　　　不言梓弓[2]牵或引,
　　　　我心仍是旧时样。

　　虽如此,男子最终仍是离去了。女子悲痛欲绝,随后追赶出去,却未见人影,疲惫不堪欲饮水解渴,却最终伏倒在清泉涌出之

地,并在那处的岩石上用指尖的鲜血写道:

> 情意未达离人远,
> 追赶不得已死身。

不过,女子即使如此,也已毫无意义了。

注

[1] 梓弓檀弓榉木弓:为时光流转之意的冒头词,此处意为"纵使时光流转,希望你能像我爱你一般爱那个男人"。

[2] 梓弓:为"吸引"的枕词,此处意为"不论你是否还喜欢着我,我心从未改变"。

评析

这一段也是男女悲恋的故事。男子离开家人和妻子,前去京城任职,一去三年杳无音信,在任满之后回到家乡,自己没有感觉任何不妥,以为迎接自己的仍然是那个温柔优雅的妻子,然而事态已经超乎他的意料。妻子另许他人,丈夫也有不可推卸的责任,并且妻子的再婚也是符合当时的律法规定的。法令规定,丈夫三年内不归家,妻子可再婚。

妻子以为三年都没有任何消息的丈夫定会在京城另寻其他女子,她的再婚也是建立在不相信丈夫的基础上的。而丈夫在回家之后看到妻子的再婚,也不再做争取,只是默默地咏了一首和歌,表达了自己对妻子的深情。正是这种深情唤醒了妻子,她明白自己的挚爱仍然是丈夫。因此,她开门去追赶丈夫,而此时的男子对不能等待自己归来的妻子不再信任,并不予理睬。结局就是女子付出了生命代价。这也是《伊势物语》中男女悲恋的故事之一。在古代日本贵族阶层,爱情往往是女人生存的唯一目标。该段中的女子在明白已经失去了此生挚爱之后,便感觉失去了生活的意义,此时唯有死才能表达出她的绝望。

《伊势物语》 评析

第二十五段

孤 眠 夜

从前,有一男子,咏诗歌一首,赠予那若即若离、不得相见的心上人:

> 清晨竹苇原野间,
> 秋露凝重湿衣袖。
> 怎及浮生孤眠夜,
> 恸哭伤神泪满裳。

而那好色风流的女子则答诗一首:

> 纵是无情难相见,
> 依然苦苦向往之。
> 渔业劳作颇疲劳,
> 何必辛苦来相逢。

评析

这一段中女子所咏和歌把男子比作渔夫,表面看来是体谅男子的辛苦,实际是说男子这种身份的人与她不是一个世界的人,他却认识不到这一点,还妄图经常来与她会面,表现出了对男

子的蔑视态度。因此,在男子的和歌之前,作者就事先阐明了是男子无法与女子见面的,这使得男子所咏的和歌更添一份悲情色彩。

　　文中所提到的"好色女"中的"好色"并非现代意义上的好色,而是指由于多情而引发的恋爱行为,是平安贵族的美德之一。在平安时代的文学作品中,光源氏是好色人物的典型。

唐　船

从前，有一男子，爱慕一位家住五条附近的女子，因不能与其长相厮守而郁郁寡欢。一日，友人来信劝慰，他则回信答复并附诗歌一首：

怎奈此生缘已尽，
泪流千行衣袖湿。
恰似唐船舶来时，
波涛汹涌巨浪袭。

开头提到的住在五条附近的女子，暗示曾经与在原业平有过感情瓜葛的二条皇后，即藤原高子。男子和歌中提到因为巨大的唐船入港，导致海边波浪翻滚而打湿了他的衣袖。毫无疑问，此和歌中强调的是大船入港。这里暗指因为大船的到来，男子失去了他心爱的女子。这条大船代表的是男子无法反抗的势力即藤原氏。这首和歌表达了男子的无奈和怨恨之情。

盥 影

从前,男子与女子共度一夜后便再不前往女子住处。女子清晨起来到盥洗处时,由于盥洗盆上铺盖的竹席被取掉了,女子看见了自己在盥洗盆中的倒影,不禁独自吟咏道:

世上再无可怜人,
低头盥中又一人。

而那久违的男子此时恰好站在隐蔽处,听闻此诗咏道:

水口泪人吾身现,
蛙声互鸣我亦泣。

评析

在当时,男女之间先互通和歌,然后男方与女方约会几次,最后结婚,是比较正常的做法。但是在这一段中,男子只拜访了女子一次便不再联络,说明男子对女子并不在意。当然,这种情形在当时也并不少见。在这种情况下,女子在洗脸的时候,面对着洗脸水发呆,这个动作表现了女子的悲哀和伤感。她强忍着想要哭泣的心情独自咏了一首和歌。这首和歌并不是为了赠人而是自己的独白。当然,《伊势物语》安排了男子听到了女子所咏和歌。对此,男子的回复是:你如此悲伤,我自然也是悲伤的。但是,男子回复的诗中将女子比作青蛙,也间接体现了男子对女子的不够尊重。

扁担竹篮

从前,有一性情风流的女子,离开男子家中后,男子对其咏道:

犹记誓言严无缝,
而今扁担与竹篮。

这一段中和歌的日语原文是「などてかくあふごかたみになりんいけむ水もらさじと結びしものを」。「あふご」既可以指相逢的日期,也可以指代扛在肩上的扁担。而「かたみ」是双关,既指困难,也指竹篮。因此,这首和歌表面上看是说为什么我们二人当初那么亲密无间,如今却难以相见,暗地里却说扁担上挂着的竹篮明明编织得很结实,为什么却漏水了呢?很明显,这首和歌取材于从事农业劳动的人所唱的民谣。

《伊势物语》在追求优雅风格的同时,也会引入一些使读者会心一笑的片段,这也是该部作品的一个特点。

《伊势物语》评析

第二十九段

寿　宴

从前,在被邀参加东宫之母宫殿中举行的花寿宴[1]时,男子吟咏道:

> 离愁几经花中留,
> 今宵苦恨尤为甚。

注

[1] 花寿宴:在樱花盛开的季节举办的贺寿仪式,四十岁开始举办,之后每十年办一次。

评析

这里的东宫之母应该指的是二条后藤原高子。在原业平出席高子的祝寿仪式,并献上和歌一首。这首和歌既表现了业平对高子的无限赞美,也表露了他对往昔的无限思念。这一段的出现,让读者不禁想起前面描写的二人的悲恋故事,再度引发了读者对业平的同情。

难 相 会

从前,有一男子,给一苦苦思念却难以相会的女子送去一首诗歌:

> 与君相逢短如绪,
> 心冷意寒苦更长。

评析

这是一首男子对不与自己见面的女子表达怨恨之情的和歌。但是,男子如此表达自己的情绪,女子也未必觉得开心或者同情他吧。

第三十一段

草　叶

从前，皇宫中，一男子经过某身份高贵的女房私室时，不知那女子对男子怀有怎样的怨恨，说道："咦，好吧，草叶哟，如今你无限风光，往后我自看你如何衰败。"男子听了吟咏道：

　　心狠诅咒无罪人，
　　忘草自生反被忘。

女子听闻男子此诗也心生怨恨。

评析

可以想象男子经过女子的屋前时，女子扔出一株枯萎的忘忧草，并以此来诅咒男子，意为"你将我遗忘的后果便是如这忘忧草一般，最终也将被世人遗弃，我期待着看你的落魄模样"，可以说是非常恶毒的诅咒了。这女子是身份较高的后宫女官，想必也有些背景，女子身边的侍女们也都希望看看男子听到这诅咒之后的反应吧。然而男子却很机智，所回和歌意为："你误会我了，我并没有忘记你，反而是你，如此诅咒于我，最终将受到反噬。"男子的回答不卑不亢，既为自己辩护，又批判了女子的恶毒。可以说，男子的和歌还是稍胜一筹的。

缠 丝 线

从前,有一男子,给一位相识多年的女子咏了一首诗歌:

> 往日情深难相忘,
> 此情旧景安能返?

那女子大概没有动情吧,什么表示都没有。

评析

男子时隔多年意欲与当年相爱的女子复合,然而女子并不理会男子的此种请求。如果男子真心求复合,不应该像诗歌中那样不说明缘由,而应该让女子感受到他的诚意。

《伊势物语》评析

深处之入江口

从前,有一男子,往来于一位住在摄津国[1]菟原郡的女子之处。女子思忖着:男子若是归去后便不会再来了吧。男子咏了一首诗歌赠予她:

> 芦生河岸潮渐满,
> 思慕君心日渐深。

女子回赠曰:

> 君心深隐如峡湾,
> 舟楫难测水千尺。

作为一个乡下女子所咏之歌,是好还是坏?总之还过得去吧。

[1] 摄津国:今大阪府西部与兵库县东南部,五畿内之一。

评析

　　这一段讲的是男子在回京都之前跟有过关系的女子分别的情景。女子察知男子是最后一次来访,男子看到女子悲伤的表情于心不忍,于是咏了一首安慰的和歌。但是,男子的和歌当中实际上并不包含多少真情,即使他知道自己不会再来此处,他也不说清楚,而是极力掩饰即将返京的喜悦之情,只嘴里机械地表达着"我还爱着你"之类的话语。这种表达明显不是出自真心,只是表面的敷衍。女子觉察到了男子的口是心非,于是毫不客气地进行了反驳:你这种花言巧语的敷衍之情我已看穿,我根本看不到你的真心。

欲语还休

从前,有一男子,向冷漠无情的女子赠送诗歌一首:

> 欲语还休忧心乱,
> 徒有为君长叹息。

男子大概已顾不得颜面,咏出这首倾吐苦闷心情的和歌。

评析

和歌向我们描述了一个因无法向迷恋的女子倾诉思念之情而内心苦闷的男子形象。和歌中男子感慨自己不欲诉说思念之情,实际情况是男子并没有将自己的痴情深藏于心,而将自己的痴情作成和歌送给了女子。可见男子并不是一个懦弱、不敢表达的人,所作和歌将自己包装成了一个可怜的形象。然而女子并没有回信,或许女子看透了男子的伪装技巧而故意置之不理吧。

结　扣

从前,有一男子,他不得已与一女子断绝了联系,为此男子咏诗歌一首寄去:

情如绪相结,
身离形未离。
今朝此为别,
他日定相会。

评析

和歌中的"绪相结"来自日本古代的信仰,用带子打结的方式可以将两个人的灵魂交织在一起,这样一来即使二人相隔很远也终究会相逢。这种信仰在当今社会的一些仪式中也可以看到些许影子。比如装礼金的信封上会系有一个蝴蝶结,这个蝴蝶结不容易解开,表示两个人的灵魂永远在一起,不会分离。

玉 蔓

　　从前,一女子埋怨男子,说道:"你果真是将我忘记了呢。"为此男子咏诗一首:

　　　　峡谷葛蔓生,
　　　　绵延山巅过,
　　　　此蔓且青长,
　　　　此情岂断绝?

评析

　　这一段刻画了一个善于讨好女性的男子形象。对于写来抱怨信的女子,男子不采用"对不起"之类的接受女子抱怨的回答,而是坚定地说"绝对不会将你忘记""我们的关系会一直持续下去"。实际上,男子或许由于公务繁忙,或许对该女子并未十分用心,因此才会久不探望,导致女子的抱怨。男子对此类抱怨也许已经习惯了,因此在回答的时候也知道该如何让女子高兴。

解　扣

从前,有一男子,与一个多情风流的女子相爱了。他总不放心女子对他的心意,便咏了这样一首诗歌给她:

君似朝颜,黄昏色变。
下摆裙结,除吾谁解?

那女子回他一首道:

同心结绳,谁人能分?
若非君为,一生相随。

评析

该段中的男子因拿捏不准其迷恋的女子的心意而作了一首和歌。文中对该女子的描述是"多情风流",而日语原文是「色好み」,有很多译作翻译成"好色",比如江户时代的文学作品《好色一代男》等。「色好み」在现代人看来似乎是贬义,而在古代日本反而是一种美德,是古代王侯贵族为了保证自己领地的完整或者为了扩张而不得不与更多巫女结合的传统行为。在平安时代,这种传统意识已经减弱,具有了宫廷男女之间游戏感情的色彩。而平安后宫中侍女的增多是"多情(好色)之女"出现的背景。

可谓恋情

从前,有一男子,去到纪有常的住处拜访。得知纪有常外出不在,可能晚归,便咏了这样一首诗送他:

> 前来寻君不见君,
> 闻君意恐迟迟归。
> 此番心情叫如何?
> 世人皆称为爱情。

纪有常回他一首诗:

> 平生未曾有爱恋,
> 此番心情如何解?
> 正逢君来欲相问,
> 心余力弱不能答。

评析

纪有常是在原业平的岳父,他与在原业平的亲密关系在第十六段中已经有所描述,这一段可以看作第十六段的延续。在原业平非常信任纪有常,他去纪有常的宅邸等候,或许是为了诉说心中堆积已久的话语,或许是为了倾诉内心的苦闷。然而,他终究没有等到纪有常归来,其内心的焦虑、失望及翘首以盼的心情与处于热恋中的心境极其相似,因此有了第一首和歌。

　　而第十六段中描写的纪有常是一位人格高尚的贵族,因此他得到了在原业平的信任。同时他在回信中也明确表明了自己与业平的不同之处,即自己是不擅长风月之事的人。在互相取笑的言语中看出二人甚于恋人之情的深厚友情。

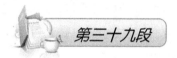

源　至[1]

　　从前,有一位被称为西院帝的天皇。天皇有一名为崇子[2]的皇女。在崇子去世举行送葬仪式的晚上,住在宫殿隔壁的男子意欲观看送葬仪式,便与一女子同乘牛车出门。等待多时却迟迟不见灵柩出来,男子伤心落泪想就此返回。恰逢此时,被称为天下第一风流之人的源至也前来拜祭,看到女子乘坐的牛车,便靠近,露出一副风流多情的模样。这期间,那源至还捉来了萤火虫,放入女子乘坐的牛车。车中男子担心源至借着这萤火虫的光亮看到女子的容颜,遂将萤火虫拂掉,并如此吟咏道:

　　　　皇女魂灭无常命,
　　　　侧耳难忍恸哭声。

旁边源至答诗道:

　　　　灯灭皇女心中留,
　　　　萤灯绰绰落心田。

　　作为天下第一风流之人所咏之歌实在过于平凡。
　　这源至正是源顺[3]的祖父。此番作为实在有违祈愿皇女逝后成佛的本愿。

注

[1] 源至：源至的父亲源定是嵯峨天皇的皇子，后被降为臣籍，也就是说源至实际上是嵯峨天皇的皇孙。

[2] 崇子：淳和天皇让位（833年）后住在西院，被称为西院帝。崇子内亲王相当于中国古代的公主，是淳和天皇的女儿，19岁（847年）的时候便去世了。

[3] 源顺（911—983）：平安中期学者，歌人。三十六歌仙之一。

评析

该段中又出现了「色好み」（风流）一词。正如前段所述，该词在平安时代虽不是褒义词，但也不是贬义词。不过，在葬礼的夜晚，再怎么「色好み」也该收敛一下，而不是前去冒犯。或许正因为如此，该段中将源至定义为"天下最好色之人"，甚至胜过了原本以好色面貌示人的在原业平。而此时的在原业平与女子同乘于车中，在源至将萤火虫放入牛车之后，二人进行了和歌对吟。

悲 恋

　　从前,有一个年轻的男子,爱上了一个美丽的侍女。这个男子的父母十分在意自己的儿子,想着如果他太过迷恋这个女子的话就麻烦了,于是打算将女子赶出去。话虽如此,但也并没有立即行动。男子目前还是依赖父母生活,因此没有底气随心所欲地按照自己的想法行动,更无法挽留女子。而女子身份卑微,也无力反抗。在这期间,男子对女子的爱情越发高涨了。忽然有一日,父母将女子赶出去了。男子悲痛欲绝,但也无法留下女子。女子被人带出了家门,男子泪流满面咏诗一首:

　　　　若为卿自离,
　　　　恋心可消融。
　　　　无理须别去,
　　　　此悲无断绝。

　　咏完后,男子便失去了意识,不省人事。父母惊慌失措起来,他们只是为孩子着想而将二人分开,没想到最后竟到如此地步,儿子真的气息奄奄了。他们慌慌张张地祈祷起来。儿子日落时分晕厥,到翌日戌时,总算是醒了过来。从前的年轻人,对爱情竟是如此忠贞的。当下的老人们,又能否做到呢?

评析

这一段讲述贵族家庭中尚未独立的儿子沉迷于恋情的故事。文中的女子应该是贵族家中的侍女,品性良好,性格温柔。儿子尚且年轻,被这样的女子吸引也在情理之中。然而,父母是不允许此种身份悬殊的恋情发展下去的。当父母将女子驱逐出去后,向来温顺的儿子终于受不了刺激,竟然晕厥过去。这种结果是父母没有想到的,在医学不够发达的平安时代,他们只好求助于神佛挽救儿子的生命。

在我们看来,为了爱情就晕厥过去的情况非常不现实。然而,结合第二十四段中失去了爱人便死去的女子的故事,便可知《伊势物语》中的年轻男女将爱情视为生活的唯一目标。

紫　草

　　从前,曾有姐妹二人。其中一人嫁给了身份卑微且穷困的男子,而另一人则嫁给了一位身份高贵的男子。那个嫁给了身份卑微之人的女子,在寒冬腊月之时,仍要亲自浆洗丈夫的衣袍。虽然她尽力去做这些苦活,但实在没法做好这些本应是侍女做的活计,她在浆洗衣袍的时候竟把肩那一块扯破了。她简直不知如何是好,眼泪不禁夺眶而出。此事被那位身份高贵的男子知晓之后,因同情她的遭遇,于是找出了一件非常华美的绿袍赠予她,并附诗一首:

　　　　浓紫幼绿本同根,
　　　　爱此紫草故怜君。

　　此歌真可谓得《武藏野之草》这首和歌之趣啊。

评析

　　在贵族家庭中,洗衣、晾衣的工作是由侍女来做的,而该段中那位嫁给了职位低下官员的妹妹只能亲自动手做这些粗俗的工作。从她把衣服扯烂的描述中可知,此女子并不习惯于做粗活,说明其原本也是出身于高贵家庭。文中的绿袍是正月朝贺时穿在官服外面的外套。由于这种朝贺是一年之初朝廷的例行大事，官员们着正装出席是必须的礼仪。从女子将丈夫的袍子扯烂而不知所措的哭泣中也可感受到她的无奈。

后来，姐姐的丈夫得知此事而赠送的绿袍，在平安时代是六位官员穿着的袍子，从而印证了妹妹的丈夫官位确实不高。在《源氏物语》当中，光源氏的儿子夕雾在成人式之后被授予六位官职，正月里他穿着绿色袍子进宫朝贺甚觉自卑也是源于官位低。

香　径

从前,有一男子,他在与一个女子交往之时,还与另一个多情的女子有些往来。虽然他知道那女子多情,并没有因此而厌恶她。虽常常往来于这女子家,但他心中还是对这女子放不下心。他也想过就此与她断绝来往,但又实在做不到。有一回,男子因故约有两三日没法去女子家,他只好给女子咏诗一首:

　　归客足迹尚未消,
　　新人又踏香径来。

男子如此咏诗,是他对女子疑心不止的缘故吧。

评析

该段中的男子被风流女的魅力吸引以至于无法自拔。男子想让女子只属于自己,因此只要二三日不见便觉不安。从这点来看,风流女对于男人来说是非常珍贵的存在,男人反而会把这样的女子当成宝贝珍视。男子的和歌中透露出了他的极度不安,这也是充满了嫉妒心的一首和歌。但是对于男子的和歌,后面并没有附女子的回信。或许女子并没有如男子所愿只属于他一人,或许女子并没有把男子当回事,因此就没有回信。

恶 名

从前,有一位贺阳亲王[1]。亲王对一个女子非常看重,时常令她随侍左右。然而,有一人也对这女子有意,常常做些风流倜傥的姿态企图引起女子的注意。另有一个男子听闻了此事,自认为只有自己才配与这女子亲近,故绘了一幅杜鹃之图随信一封寄给了女子:

    四处辗转此杜鹃,
    惹人怜爱惹人嫌。

收到男子的信后,女子悲伤地咏道:

    悲此恶名杜鹃啼,
    四处为家使人怨。

男子读此诗歌,不觉对她怜惜不已。其时正值五月,遂答诗道:

    流离无依杜鹃泣,
    望栖舍下闻妙啼。

《伊势物语》评析

注

[1]贺阳亲王(794—871):平安初期的皇族,也称高阳亲王,恒武天皇第七子。

评析

　　这一段虽然没有出现"风流女"的字眼,但是跟上一段一样,也是描述风流女的故事。女子情人众多,引起了男子的不满而将其比喻成杜鹃鸟。杜鹃鸟啼鸣的时候有时候会停在高树上,有时候会边飞边鸣,由于啼叫声比较特别,经常会引人注目。但是当人们要寻找它的身影时,它已经叫完了又去另一个地方鸣叫。因此,男子将女子比喻成杜鹃鸟意在如此,即形容女子在很多男子身边周旋,却不会停留在自己身边。这首和歌体现了男子不甘又无法抵抗女子魅力的矛盾心情。

践 行 宴

从前,有一男子。他为一位即将前往地方任职的友人办了一场践行宴,并邀请了这位友人来到家中。因与这位朋友关系亲近,男子的妻子也一同列席,并让侍女为这位朋友奉酒,同时向这位友人赠予了女子的礼服。男子咏诗一首,让侍女将此诗歌系于这件被赠出的礼服内衬的腰带上:

> 解裳赠予羁旅客,
> 亦望不幸远离身。

此和歌是众多为人传诵的和歌中,尤为深谙诗之趣的一首。此歌无须咏诵出声,应值得用心细细品味。

评析

男主人将一套女装赠予即将远行的客人。在平安时代,男人也可以穿女装。但服装并非已经完全裁定好,只是稍微用线勾出轮廓,受赠方可以根据自己的尺寸再自行裁定。和歌中男主人说道:"衣服赠予您之后,我的不幸也会消失。"之所以如此说,是因为在日语原文中,"裳"(も)和"丧"(も)的读音是一样的。"丧"

的意思是不幸或者凶事,主人之意为:将"裳"赠予您之后,您的旅途会一路顺畅,我的不幸也会消失。这首和歌既可以化解客人接受礼物时的尴尬,又可以活跃宴会的气氛。

飞 萤

从前,有一户人家,家中掌上明珠想向一男子诉说自己的爱慕之意,却未能说出口。女子在病倒将死之际才告诉乳母、侍女等人:"我心中恋慕一人。"父母听到后含泪将此事告知男子,男子匆忙赶去见这女子,但女子还未表露心意就已离世,男子只有为其服丧。正值六月之际,酷暑难耐,男子只能借助管弦打发时间。到了深夜,阵阵凉风吹过,萤火虫飞向高高的夜空。男子见状便咏道:

若萤飞得高空去,
且向天上雁达意。
人间正值秋风季,
卿且安魂断旧生。

评析

该段讲述的是年轻的女子一味单恋男子以致死去的悲恋故事。这与第四十段中由于即将失去爱人而晕厥过去的男子的故事非常相似。而该段中着重描写的还是男子的形象。男子由于在女子临终时与她见了一面,因此回家之后只好为其"服丧"。

平安时代的服丧者不仅仅是逝者的亲人,只要接触了死者遗体的人都需要服丧。人们认为,只要接触了死者,身上就沾染了不吉利的东西,必须将自己隔离开来,以免将晦气传染给周围其他人。因此,男子在将女子送别之后,回到家只好将自己封闭起来。在炎热的六月(旧历)夏季,这无疑是对男子的折磨。而晚上他边看萤火虫边演奏乐器,并吟唱和歌的行为,其实是一种镇魂仪式。萤火虫之光在当时被视为死者的魂魄,而对死者进行慰灵的方式有演奏乐器、唱歌等。即使在现代的很多葬礼上也会演奏音乐,这或许是这种传统的保留。男子所吟和歌是让萤火虫到天上告知大雁尽早到来。男子一方面希望女子的灵魂尽早升天,另一方面希望炎热的夏季尽早过去,自己可以早日摆脱现在隔离的境况。

挚 友

从前,有一男子,他有一位与自己情谊深厚的挚友。虽然二人关系亲近到几乎片刻不离,然而这位挚友即将要去往地方任职了。他虽悲不自禁,却也只得怀着一腔悲别之情送走了这位挚友。时光流逝,这位挚友给他寄来了书信一封。书曰:

与君分别之后,竟不觉岁月匆匆一逝如斯。不知君是否仍记得他乡之故人?一思及此,竟觉悲从中来。世间人心易变,本难长久。长久未能与君相逢,想必早已淡忘了我吧。

男子咏诗一首回复道:

　　　　万里相隔不曾忘,
　　　　眼前常有故影来。

评析

《伊势物语》不仅描写男女之间的爱情故事,也描写男人之间的细腻友情,例如第三十八段中在原业平与纪有常的友情。该段也是如此。离开京城去地方任官职的男子向京城的朋友诉说分别后的悲伤和寂寥之情。在地方,放眼望去皆是乡村景致,生活节奏很缓慢,没有能够敞开心扉无话不谈的知心之人,此时尤其思念的或许就是京城中的朋友了。因此,男子在信中诉说着自己思念的同时也产生了怨念之情,认为人走茶凉。而京城中的朋友能够做的只有安慰,虽说回信中的言语有些夸张,但从中可以看出该朋友心底的温柔和善良。

纸 钱

从前,有一男子,迷恋一位女子,想方设法想与她在一起。可是,这女子听闻此男子生性风流,不由得对他更为冷淡,于是女子咏了一首诗歌:

> 君如纸钱众人取,
> 妾恐难将身嫁与。

男子回诗道:

> 坊间流言难奈何,
> 唯有卿处可倚身。

评析

在盛夏的六月三十日,阴阳师会用树枝将白色的纸钱串成一串,在河边驱邪的人们会从树枝上取下一个纸钱在身上拍一拍,然后将纸钱放入水中漂走。此举意味着自己身上的邪气被纸钱带走了。因为纸钱有很多人去取,女子在和歌中将男子比喻成纸钱,意指男子并不专一,与很多女子保持关系。

男子的回信中并没有直接否定女子的意指,而是顺着女子的

《伊势物语》 评 析

思路进行了辩解,认为正因为自己是"纸钱",是对别人有用之物,所以那些女子并不厌恶自己。而纸钱顺着河流漂走,最终会在某个地方停留,这个停留之地便是"你"。在没有否定自己与多名女子有瓜葛的前提下,男子表明了自己对该女子的忠心。男子的高明之处便在于此。当然,女子是否认同男子的此种辩解便不得而知了。

常 拜 访

从前,有一男子,欲为将要远行的朋友办一场送别宴。苦待良久,可朋友最终没来,于是男子咏了一首诗:

> 苦待来人之焦灼,
> 宛如翘盼情郎心。
> 只愿君姿常相见,
> 慰我思绪宽吾心。

在《古今和歌集》(卷十八 杂下)中记有一首与本段几乎相同的和歌,和歌序中写道:"纪利贞前往四国的阿波(德岛县)任地方官之前四处道别,以至于迟迟未到业平的住所。"因此,这应该是业平送给纪利贞的和歌。在《伊势物语》中将这首和歌物语化,主人设宴送别,邀请了同僚和友人,然而主客迟迟未到,或许客人已经派侍者通知主人要晚到,但是等候的同僚友人们肯定也焦急,于是主人为了缓和气氛作了本段中的和歌。主人首先替在座的各位道出了等候的焦灼之情,然后反省一直以来不该让情人们翘首以盼自己的来访。主人的多情之名在贵族阶层中广为人知，因此，他采用这种自黑的方式作诗想必会引起在座客人的会心一笑或者满堂喝彩。如此，客人们也不会再去苛责主客的姗姗来迟和主人的照顾不周了吧。这首和歌的精彩之处正在于与场景相结合而营造出来的高雅情趣。

吾 妹

从前,有一男子,看到自己的妹妹美丽可爱,吟诗一首:

> 吾家有妹多可爱,
> 寸寸青草犹不及。
> 思及要做他人妇,
> 惋惜之情生心底。

妹妹回诗一首:

> 今日听兄歌一曲,
> 溢美之词不吝惜。
> 兄长看妹多欢喜,
> 字里行间尽怜惜。

评析

在平安时代,贵族家庭的女儿养在深闺鲜见外人,甚至连亲兄弟也见不到姐妹的面貌。本段中的男子偶然看到妹妹,惊讶于妹妹的美貌,因此吟诵了一首和歌。但是从女子的回信中来看,女子或许并没有意识到自己的美貌和风情,对于男子和歌的真正

《伊势物语》评析

含义完全不能理解,只是对男子的话语感到奇怪。

在《源氏物语》的《总角》一卷中,匂(日语词,汉语意思是"香味")皇子沉醉于亲妹妹女一宫的美貌,不禁感慨道:"你如此美貌,作为亲生兄弟的我虽然没想过与你同床共枕,但是也为此烦恼不已。"听到此感慨的侍女们都感到不好意思。本选段中的男子或许只是惊讶于妹妹的美貌及对娶妹妹的男子的嫉妒,这种感情只有家人才会有,这与普通的男女之情是有本质区别的。

彼此彼此

从前,有一女子,对一男子尽是怨言,而这位男子也怨恨这位女子,并吟诗一首:

> 堆高百枚蛋卵易,
> 爱上不爱之人难。

女子回诗一首:

> 朝露逝去留痕迹,
> 情薄男子难信赖。

男子回复:

> 本应做泥去年樱,
> 今日摇曳挂枝头。
> 若论人心多可靠,
> 不及去年不落樱。

女子回复:

> 挥笔流水载书文,
> 好过苦恋无意郎。

《伊势物语》评析

男子回诗道：

> 流水年华和落英，
> 人心恰似此间同。

想必是偷偷同其他异性往来的两人互相指责对方花心，并将这些风流事作成了诗歌吧。

评析

这一段中的男女二人相互指责对方的不忠诚。他们将现实生活中不可能存在的事物做比喻，认为对方除了自己之外另有其他情人。从和歌内容来看，二人在作和歌之时只是在玩弄文字游戏，这能让读者感受当时贵族阶层中好色文化的悠闲之情。当然，本段略微缺少故事性。

菊 花

从前,有一男子,在将菊花植入他人庭院的花丛里时,这样咏道:

> 今日吾将菊花种,
> 待逢秋日花朵朵。
> 盼君恰如此秋菊,
> 纵使花凋根不枯。

评析

菊花作为长寿的灵草于奈良朝末年由中国传入日本,朝廷会在每年的九月九日举办重阳节会,文人们在紫宸殿上吟诗,天皇向公卿大臣们赐菊花酒。喝了菊花酒便预示着可以长寿及祛除灾难。这种信仰其实是受到了中国文化的影响。

该段的咏菊诗想必是在宴会时吟诵的,是对主人家的赞颂和祝福,用非常质朴的语言祝福主人身体康健、长寿。

《伊势物语》评析

第五十二段

粽　子

　　从前,有一男子。有人送了他摆设用的粽子,他回赠一只雉鸡,附一首诗道:

　　　　君入沼泽得菖蒲,
　　　　吾下荒野获雉鸡。

评析

　　粽子在中国的由来及风俗习惯民众都已经很熟悉了,而在日本,粽子是在端午节(五月五日)的时候为了祈祷孩子的健康成长、祛除灾难而吃的食品。粽子通常由有男孩的家庭制作后作为礼物送给义父母、产婆、母亲的其他亲戚等。该段描写的正是收到粽子后表达的感谢之情。和歌中说作为粽子的返礼,男子送了一只鸡。鸡在当时是非常贵重的食品,用鸡这种贵重之物对应粽子颇让人感觉失衡。因此,此段体现了物语的虚构特点。

相 见 难

从前,有一男子,终于见到了一直难以相见的心上人。然而,二人尚在倾诉相思之情时,门外已有鸡鸣声响起。男子不禁咏诗道:

鸣鸡啼晓催别离,
此情默默难诉尽。

评析

男子终于见到了日思夜想的女子,然而他们只能隔着帘子诉说衷肠。男子还没有将自己的思念之情诉说完毕,鸡已经啼叫了。男子只好咏了这首和歌。

第十四段曾描写了咒骂啼叫鸡的陆奥女。本段中的男子与陆奥女的思念和留恋之情很相似,但是,二人所咏和歌所表达出来的情趣完全不同。陆奥女的和歌透露出粗鲁,本段中男子的和歌给人的感觉却是忧伤。

无情人

从前,有一男子,向一个无论自己怎样倾诉一腔真情,都不曾给予一丝回应的女子咏了一首诗:

> 梦短难遇芳魂来,
> 犹言夜露濡袖湿。

评析

无论自己如何追求,如何表达心意,女子都对自己非常冷淡。于是男子只好求助于梦。平安时代的人们认为在睡梦中,灵魂会出现在自己思念的人的梦中,因此,该男子也祈祷女子对自己有些许心意,如此女子的灵魂便会出现在自己的梦中。然而,这终究只是他的空想,女子的灵魂并未出现,于是他彻夜哭泣,乃至弄湿了衣衫。

分 离

从前,有一男子,与所相恋的女子再也不能相见,遂这般咏道:

> 卿终不属我,
> 吾心自通透。
> 偶念昔情话,
> 痴妄仍存心。

评析

一直深爱的女人突然行踪不明,其中的原因不是二人的感情出现了裂痕,而是由外界因素引发的分别。这种情况在第四段中也有过描写。男子思念着女子,认为她去了其他男人的身边,可能已经将自己忘记,但是自己永远爱着女子,如今只能靠二人之前的信件回忆以前的美好时光。该段中的女子或许是二条皇后高子,男子也许是在原业平吧。

泪湿袖

从前,有一男子,对一女子日思夜想,遂咏一诗歌:

> 吾袖非草庵,
> 日暮白露留。
> 与君难相会,
> 悲泪湿衣袖。

评析

这一段与前面的第四段、第五十四段、第五十五段相同,都是讲述男子思念深爱的女子而深陷悲伤之情的故事。可以说第四段的故事奠定了后面段落的基调。

藻　虫

从前,有一男子,苦苦暗恋一女子,此女甚是冷淡,男子遂赠其诗歌一首:

> 为伊消愁心甚苦,
> 犹似碎壳藻虫枯。

评析

第四十五段讲述了暗恋未表白并最终因病去世的女子的故事。这一段中男子虽然得不到女子的爱情,但是最终还是通过和歌进行表白。从这一点来说,该段中的男子比第四十五段中的女子要幸运得多。

荒凉居所

从前有一个深得恋爱之情趣的男子，住在长冈[1]。他的邻居是皇族，有几位容貌美丽的女子。因为是在乡下，这些女子觉得男子会去收稻子，于是看着他劳作的样子说道："这就是风流男子所做的事啊。"说完，一群人拥进了男子家。这男子便躲进屋子里面，女子咏诗道：

> 老屋为何如此荒？
> 屋主百年不来往。

然后女子回到了自家宅子，于是男子回咏道：

> 家屋为何瘆得慌？
> 只因恶鬼在作怪。

于是女子们故意说"大家去捡稻穗吧"，然后男子咏诗曰：

> 听闻君欲拾落穗，
> 吾将相助到田边。

注

[1] 长冈：位于山城国乙训郡（现京都府向日市、长岗京市、京都市西京区）的古日本都城。自延历三年(784)十一月十一日从平城京迁都，至延历十三年(794)十月二十二日再次迁都平安京期间，为天皇所在地。

评析

自长冈京迁都平安京之后，桓武天皇的皇子皇女们还是一直住在文中所说的"乡下"的旧都长冈京。第八十四段中描写业平的母亲伊登内亲王当时住在长冈京，伊登内亲王是桓武天皇的皇女。因此，该段中的男子可以认为是在原业平。

当时皇族居住的地方周围是自家所有的农田，此时正是收割稻子的季节，男子也正准备去收割稻子。隔壁家的女子们认为他的装扮与多情男子的名声不相符，因此作和歌取笑他。而男子在和歌中首先肯定了女子们的取笑，接着就把女子们形容为女鬼，这可以说是非常巧妙地回击了女子们的嘲笑了。

《伊势物语》评析

东　山

从前，有一男子，不知是否因为厌倦了京都的生活，就想要搬到东山去居住，于是咏了一首诗：

　　京都久难居，
　　身隐东山里。

在过着山间生活的时候，他得了重病，眼看就要断气，人们在他的脸上浇了一些水，男子便又苏醒了过来，咏诗道：

　　玉露冰清滴我面，
　　牛郎渡河棹水淋。

男子总算是缓了过来。

评析

东山指的是京都东边的包括丸山、清水山、岛部山在内的南北丘陵，在当时因娴静而出名。想在山中居住的愿望在第一〇二段中也有描述。贵族们通常在年老后选一个幽静的地方度过余生。他们选择的地方除了本段提到的东山外，还有嵯峨野、大原、

第五十九段

伏见、宇治等地。通常贵族们会在自己选中的地方建造比较宏伟的建筑。

  但是,本段中的男子尚未退休便有了在山中度过安静生活的想法。产生这种想法的原因或许是政治上或许是社会生活中的不顺吧。总之,京中的不顺生活导致男子产生了厌世观,于是生出了老年人才有的隐退想法。产生这种想法之后,男子真的去山间生活了,却得了某种疾病并将死去。这与第四十段的故事很相似。第四十段中的年轻男子由于与相爱的女子分别而晕厥。当然,这两段的结果是一样的,男子最终都苏醒过来了。

橘　花

　　从前,有一名男子,整天忙于宫中的工作。他的妻子一心崇尚爱情,他却没有时间陪伴其左右,于是他的妻子不甘寂寞,便与一个发誓真心爱她的求爱者私奔去了外地。后来,这名男子担任天皇的敕使,被派遣至宇佐神宫时,听说某地负责接待敕使的官员的妻子竟是自己曾经的妻子,便说道:"让你的妻子来给我斟酒,不然这酒我就不喝了。"在这家主妇出来敬酒时,男子将作为下酒菜的橘子拿在手上,咏诗道:

　　　　苦待五月橘花开,
　　　　故人袖香仍犹新。

　　听到这首诗歌,这名女子忆起眼前这名高雅的贵人便是自己以前的丈夫,感到无地自容,最后到一个深山里削发为尼了。

评析

　　男子由于工作繁忙忽略了妻子,导致妻子受不了冷落并听信了别的男人的甜言蜜语而悄然离开了丈夫,女子也认为自己找到了幸福。本来在地方过着平静生活的女子由于前夫的到来而起了波澜。前夫被朝廷选为敕使前往宇佐,中途歇息时由身为敕使接待官的丈夫负责接待。每逢天皇即位或者国家大事之际，朝廷会往八幡宫派遣敕使。其原因是宇佐八幡的神的权威很高，相传在奈良时代道镜觊觎皇位，和气清麻吕奉八幡宫神之托从而保住了皇位，因此宇佐使也被称为宇佐和气使。敕使接待官则是负责接待敕使的地方官员，负责货物的输送，使节的送迎、住宿、招待等杂务。因此，从二者身份地位来讲已是天壤之别。这种身份的差异导致了后面女子的悲剧。敕使知晓此处的接待官夺走了自己的妻子，因此霸道地要求由接待官妻子来服侍自己饮食。妻子由于自己的背叛而战战兢兢，本以为前夫会为难或者嘲讽自己，没想到听到的却是温情脉脉的和歌。前夫在和歌中表达了对当初二人生活的无限怀念。然而，正是这种温柔，反而让女子受到了打击，她怀念、懊悔、羞愧，最终选择了出家。因此，男子的和歌听起来充满着温情，实际上起到了复仇的作用，最终导致了女子的人生悲剧。

《伊势物语》评析

染　河

从前,有一个男子,去到一个叫筑紫的地方的时候,听到垂帘之中有位女子正在议论自己:"听闻这是个好色的风流人物呀。"于是,男子咏诗歌一首:

　　　　既来筑紫城,
　　　　欲渡染河水。
　　　　渡河人几多,
　　　　岂独我未染?

女子回诗一首:

　　　　名为戏谑岛,
　　　　定会染风流。
　　　　潮涌拍浪来,
　　　　打湿着衣人[1]。

[1] 在日语中「ぬれぎぬ」有两个意思,一个是"湿衣"的意思,还有一个是"无实之罪,冤枉,背黑锅"的意思。这里女子想

要表达的是:男子原本就有好色之心,并非来到这被浸染的缘故。而男子将自己原本就有的好色之心归咎于该地名,认为是因为自己来到此处,被浪打湿了衣服才背负了罪名。

评析

该段是男子与风尘女子的对话。男子在旅途中路过风尘女子的门前,女子主动来搭讪,意欲诱惑男子。男子从女子的话语中推测出她的身份并且进行了反驳。女子也不甘示弱,认为男子也并非洁身自好之人。在第六十段和第六十二段中,女子都以悲惨的结局收场,第五十八段中的女子对男子的反击毫无对策,该段中的女子的反应可以说是机敏了。可以看出,该女子应该修养颇高。

《伊势物语》评析

第六十二段

空遗枝

从前,有个不被丈夫走访[1]的女子,想必不怎么聪慧吧,被一个不值得信赖的男子给花言巧语地哄骗去了一户地方上的人家做侍女。一天在吃饭的时候,女子来到从前的丈夫跟前奉上菜肴。入夜,男子对这家主人说:"请帮我把刚才的那位女子叫来一下吧。"女子来到男子跟前,男子问道:"不记得我了?"随即咏了一首诗:

> 往昔美娇容,
> 如今去无踪。
> 如樱教人赏,
> 飘零空遗枝。

女子听后羞得无地自容,一句话也说不出来,呆坐在那儿。男子问她:"怎么不回答我呢?"这女子只说是:"眼里噙满了泪水,视线模糊,也说不出话来。"

> 汝欲出逃别离吾,
> 奈何容颜不复昔。

男子吟完上面这首诗,将衣服脱下赠予女子[2],然而女子丢下衣服便逃出门去了。到底去了何方,无从知晓。

注

[1] 平安时代,有「妻問婚」一说,即走婚,夫妻不同居,由丈夫过访妻家。

[2] 男子表面上是在赠予女子衣物,实则是在羞辱她。

评析

该段与第六十段的故事非常相似,但在故事效果方面远远不如第六十段。在该段中,直截了当地说女子不够聪慧,因此被蒙骗至地方官家中做了侍女。而在第六十段中,提到男子由于公务繁忙、疏忽了妻子导致女子的伤心离去,表明在二人关系中,男子也是有责任的。而在该段中,完全将错误归结到女子一人身上,充满了对女子的批判,不得不说有失公平。

在第六十段中,面对妻子,男子依然温情地怀念二人当初的美好。该段中的男子却毫不留情地批判了妻子,并且对女子最为在意的容貌进行抨击。从这一点来说,该段男子的胸襟和修养与第六十段中的男子有着云泥之别。也可以认为男子对女子的离去一直怀恨在心,利用重逢的机会宣泄自己的愤恨,达到报复的目的。因此,这一段给读者的感觉应该是不太舒服的吧。

九十九岁

从前,有一女子,心慕爱情,无论如何都想遇见深情的男子,然而无法说出口,便虚构了一场梦。女子叫来她的三个孩子,对他们说这件事。其中两个孩子冷淡应对不予理睬,小儿子为女子解梦:"将会出现不错的男子吧。"女子非常高兴。小儿子心想,其他人称不上"深情"二字,无论如何都想让那个风流贵公子在五中将[1]和母亲相见。于是便去了这个男子狩猎的地方,在途中见到那人便勒马停下说道:我母亲这般那般非常爱慕您。男子动了心,便去女子那宿了一晚。之后,男子再也没有出现。女子去男子家,从缝隙中偷看,男子隐约看见了女子,咏了一首诗:

九十九岁白发妪,
恋吾化影现眼前。

女子离开男子家,不顾拦路的荆棘和枸橘,慌慌张张地回到家躺在床上。男子也如女子所做的一样,来窥视她,女子哀叹一声,卧床咏道:

枕袖而卧孤身眠,
恋人难逢今宵还。

男子听闻此诗,深觉可怜,就宿在女子家中与其共眠。按男女之间的常态来说,男子只会对自己中意的女人表现出爱慕之情。但是,这个男子对喜欢的女人和不喜欢的女人都毫无差别地对待。

注

[1] 在五中将:由于在原业平的官位长期处在五位的位置,所以人称"在五中将",正确的称呼应该是"右近权卫中将"。

该段中的小儿子不像哥哥们把母亲的诉说当成笑话置之不理,而是积极地帮助母亲去寻找梦中的男子,这可以说是相当的可笑了。这个老女人的想法和做法滑稽至极,可以看出作者对这个人物的嘲笑和戏弄之情。但是,听了小儿子的诉说便满足老女人的要求,这位在五中将的做法也颇令人费解。或许这一段意欲表现中将的博爱之心,为了满足老女人的诉求不惜委屈自己。然而这与物语整体所强调的"优雅"基调相去甚远,这一段给人以粗俗之感,嘲笑了老女人的同时也贬低了男子的形象。可以说,正是这样的段落的存在降低了《伊势物语》的文学价值。

《伊势物语》评析

玉 帘

从前，有一男子，因女子只与他私交过书信，未曾见过面，不知道女子是何处之人，心存怀疑，便咏诗道：

> 身若化轻风，
> 凭吊竹帘帐，
> 寻得玉帘隙，
> 便能入香闺。

女子回诗道：

> 纵使欲近如轻风，
> 不可凭隙入帐来。

评析

该段中的男子与女子只是通过书信互诉衷肠，但没有建立更进一步的关系，男子甚至不能到女子家中去，从和歌中的"玉帘"一词可以看出女子居住的地方是非常豪华富贵之地。因此，与其说男子不知道女子家在何处，不如说女子居住之地是他所不能靠近的。联系第四段二条皇后突然消失的故事可知,该段中的女子也许就是二条皇后。她现在所居住的正是皇宫,这对于业平来说自然是不可靠近的禁忌之地了。

《伊势物语》评析

第六十五段

在原其人

从前,有一个侍奉天皇的女子,因深受天皇宠爱,被允许身着禁色之服。该女子是天皇母亲的堂妹。她与一名在殿上供职的名叫在原的年轻男子相识,关系渐变深厚。由于年轻,该男子被允许可以自由进出后宫之地。有一次他来到该女子所在之处,与女子相对而坐,一动也不动。女子见状便说:"这样成何体统?你和我都会因此身败名裂,我们不该这样下去。"男子随即赋诗一首倾诉思念之情:

> 纵然无缘见,
> 可怜相思苦。
> 若能常相会,
> 万苦也甘愿。

女子见男子依旧如此,便回到自己的房间。而男子如往常一般,也不管别人看见,径自进入女子房间坐了下来。女子为难不已只好回了娘家。如此一来,该男子却认为"说不准这样一来反而是件好事呢"。此后男子便常往来于女子的娘家。人们听说这件事后都取笑该男子。一大早,为避免打扫的宫人发觉,偷偷摸摸回到宫中的男子将脱下的鞋不放在边上,而是放入里面,营造出已上殿的假象。

在这种偷偷摸摸的来往中,男子认识到自己总有一天会因此身败名裂,丢失官职,成为无用之人,便向佛祖和神灵祷告:"我不知该如何是好,请帮我断绝这份不该有的爱恋。"这样做却让这份爱恋之情越点越燃,与此前一般,爱慕之情愈演愈浓。接着,该男子叫来阴阳师和巫师,手持能消除恋爱之心的法器,朝河边走去。随着消除之术的进行,男子内心愈发变得悲伤起来,心中那份恋爱之情竟甚于从前。男子不由作诗一首:

为消此情告神明,
岂料神明未曾理。

说罢,男子便回去了。

此时的天皇容貌俊美,热心念佛,声音十分纯净。女子听到天皇诵经之声,不禁痛哭。女子哭道:"无法悉心侍奉这样的天皇,恐是前世作孽之故,竟被此男子诱惑,令我心痛不已。"在这期间,天皇听闻了此事,将男子处以流放之罪,而作为堂姐的天皇母亲则将女子赶出宫中,并将其幽禁于库房中,以示惩戒。女子在库房内哭哭啼啼,并作诗一首:

小虫深藏海藻中,
一旦收割失自由。
而今妾亦如此虫,
咎由自取不尤人。

男子每晚都从流放之地赶到女子被幽禁之处,用笛子吹奏动听的歌曲。幽禁于库房深处的女子听闻美妙的笛声,便知男子在她身旁,却无法相见。女子随即赋诗一首:

《伊势物语》评析

> 想君必是盼相会，
> 可怜从此无缘见。
> 而今妾身遭幽禁，
> 此后生如死一般。

男子由于见不到女子，只得如此来来回回。他回到流放之地后作诗一首：

> 去也徒然归亦此，
> 只因思念情不禁。

这应该是清和天皇在位时的事情。天皇母亲也是染殿皇太后，也可以说是五条皇太后。

评析

这一段是《伊势物语》中最长的一段，内容可以分为前后两部分。前一部分描写了男子激烈的禁忌之恋。男子所恋慕的对象是天皇允许着禁色之人。所谓的禁色是指红、青、深紫这些分别由太上天皇、天皇、亲王和身居一位的贵人穿着的外袍的颜色。另外，有花纹的绫罗织物也属于禁色之类。而男子恋慕的女子是允许着禁色之人，说明她深受天皇宠爱。文中写道该男子是在原氏，从女子深受天皇宠爱这一点来看，该女子指的应该就是二条皇后了。从第四段的描述可知，高子入宫后二人便断了关系，但是从这一段的描述来看，二人的关系在宫中仍持续。

历史上的在原业平比二条皇后年长十七岁，本段却将在原描写成一位年轻男子。物语这样写或许是为了突出在原如年轻人般的热烈爱情吧。男子在表达他的热烈爱情之时全然不顾周围人的眼光,而周围人似乎对他的这种行为未加指责。从中可以看出作者意欲表达超越世俗约束的愿望。

  该段的后一部分描写了男子被流放之后与女子的恋情。女子因为与男子的私通对天皇产生了罪恶感,整日郁郁寡欢,天皇闻知此事便将男子流放,女子亦被关起来反省。即使如此,男子仍然能够夜夜来到女子反省的房间窗前与她私会。女子哭泣,男子边吹笛边咏和歌,不得不说这种三重奏颇有画面感。而男子能够从流放地来到女子身边这一点说明该段物语的虚构性色彩过于明显。

《伊势物语》评析

三 津 浦

从前，有一男子，在摄津国有自己的领地，于是他带上兄长、弟弟和朋友去到邻近领地的难波一带。他们看见许多船只停靠在岸边，之后有人咏了下面一首诗：

> 今见难波津，
> 渡海船只多。
> 犹如厌世人，
> 远去解忧愁。

人们听了后，都很佩服，纷纷表示赞赏，然后他们就回去了。

评析

摄津国横跨现在的兵库县和大阪府。在原业平也许在这里有从父辈那里继承过来的领地。难波则指包括淀川河口在内的一带地区，在这里有官船出发。业平跟朋友、兄弟前往自家领地的途中遥望港口，看到了船只，于是有感而作了此和歌。和歌中流露出了男子的忧伤之情。《伊势物语》中表达伤感之情的和歌颇多。

浮 云

从前,有一男子,为了散心,与意气相投的朋友们一起,在二月去往和泉国[1]。他们经过河内国的生驹山[2],发现这里时阴时晴,时而白云高悬,时而乌云低垂,从不消散。朝阴午晴。山中皑皑白雪压在树梢上。看见这样的景色,他们一行中只有一人即这名男子咏了下面这首诗歌:

> 昨日今朝云,
> 怀抱生驹山。
> 始终不消散,
> 荫庇梢上花。

注

[1] 和泉国:今大阪府西南部。为日本地方行政区分令制国之一,属于畿内地区,相当于首都圈内。

[2] 生驹山:位于奈良县生驹市与大阪府东大阪市之间,海拔642米。

《伊势物语》评析

评析

　　在前一段中男子一行经过难波浦,在这一段中男子一行则骑马或者乘船到了和泉国。在这一过程中,这一行人应是抛却了俗世的烦恼,融入了大自然,任由心情放松。此时是旧历二月,正是樱花即将盛开之季节,可以说是逍遥自在的春日时光。

　　然而与其说是逍遥自在,不如说是男子一行为了排解京中的苦闷而选择远行散心。从男子的和歌中可以推测,此和歌不仅描写了眼前的风景,而且有某种隐喻意味。和歌中的"云"遮住了花林美景,此处的"云"或许暗指朝中打击自己的势力。云散了,美景就会出现。这也许是男子一行的美好愿望吧。

住 吉 滨

从前,有一男子,他到和泉国途经住吉郡[1]住吉里和住吉滨的时候,觉得风景十分宜人,便下马步行。有人建议将"住吉滨"用在诗句里作一首诗,于是男子吟道:

> 雁鸣菊花开,
>
> 秋日景色美。
>
> 此为住吉滨,
>
> 春来更宜居。

人们纷纷表示钦佩,但没人能继续咏唱下去。

[1] 住吉郡:位于摄津国(今大阪市)。

接着上一段的和泉国之旅,该段讲述众人在住吉海边的逍遥生活。第六十六段、第六十七段和该段可以合称为"逍遥段",但这一段并未延续前两段的伤感情绪。该段只说春光明媚,海边风景宜人,可以看出男子包括与他同行的其他贵族青年的心情得以舒展。

狩 猎 使

从前,有一男子,去伊势国担当狩猎敕使之时,到伊势国侍奉神明的公主的母亲对她说:"你务必要用比对待以往敕使更重视的态度来接待此人。"于是侍神公主精心地关照着男子。

男子早上出门狩猎,侍神公主为其备好出门用品;男子傍晚归来时,侍神公主令其来到自己的府邸。侍神公主如此悉心地照料着男子。第二天晚上,男子任性地对女子说:"我想见你。"而这女子并不十分抗拒,无奈人多眼杂,无法如愿顺利相见。

男子由于以敕使身份前来,也不能住在太远的地方。女子宅邸就在男子住所附近,于是她在夜深人静的子时一刻来到了男子的住处。男子由于思念女子无法入眠。正当他躺在床上望着屋外之时,在朦胧的月光下,看到眼前站着一个个子小小的女童仆,女子就站在这女童仆之后。男子满心欢喜地将其带入了自己的住所,两人从子时一刻待到了丑时三刻,还未完全卸下防备互诉衷肠,女子便回去了。男子万分难过,一夜未眠。

第二天早上,男子虽心头挂念女子,但因顾忌他人口舌,所以只有满心期盼地等待着。天亮后不久,女子那边来了消息,并非书信而是一首诗:

　　君可曾来过?

《伊势物语》评析

> 我可曾去过?
> 现实兮梦兮,
> 女子两不知。

男子泪流满面,咏诗一首:

> 吾心悲伤如死灰,
> 心绪烦乱难别离。
> 是梦是醒看今晚,
> 一夜不眠等君来。

男子咏出此诗赠予女子,便出门打猎去了。男子打猎途中内心茫然空虚,心想哪怕只有今晚,也一定要在夜深人静时早点见到女子。但是,身兼伊势国长官与斋宫部长官一职的官吏,听闻狩猎敕使到来,整晚大摆酒席招待男子,于是男子完全无法与女子相见。

马上就要天亮之时,从女子那边送来了一只离别的酒杯,杯上写着一首诗。男子取过来读道:

> 此情缘浅似溪流,

纸上并无下半句。男子拿起松明石炭,在酒杯内壁上补写了下半句:

> 再越逢关为见君。

天亮后,男子便去往了尾张之国。侍神公主是清和天皇在位之时文德天皇的皇女,也是惟乔亲王的妹妹。

评析

　　《伊势物语》之所以以"伊势"为题目，是因为物语中有描述伊势斋宫的故事，因此这一段在《伊势物语》中具有非常重要的意义。在森严的伊势神宫侍奉神的斋宫与宫廷来的特使有什么关系，二人的关系与史实有多大的差异，都是该段的一些疑点。

　　斋宫是在伊势神宫中侍奉神明的巫女，其渊源记载于《日本书纪》卷六垂仁天皇纪二十五年三月十日条。每逢天皇即位，就要从未婚的皇女中选一位派遣到伊势神宫，令其侍奉神宫中的神明，相当于神明的妻子。现在的伊势神宫位于三重县，在神宫的西北方向十二千米处有斋宫住所的遗迹，由斋宫历史博物馆对其进行发掘和研究。

　　该段末尾处写到斋宫是清和天皇时期的斋宫，为文德天皇的皇女恬子内亲王，而内亲王的母亲，是文德天皇的更衣纪静子。纪静子是在原业平的岳父纪有常的妹妹，因此，在原业平是纪静子侄女之夫，也是恬子内亲王的表姐夫。文中虽没有明确指出男女主人公是谁，但对于当时的读者来说也许就是心知肚明的了。

　　男子是作为宫廷的狩猎敕使来到伊势的。所谓狩猎敕使，是指为了给宫中的宴会提供野鸡等食物而在全国范围内巡视狩猎情况的特使。实际上，清和天皇尊崇佛教，大规模的狩猎基本上不太可能，并且在原业平也并未担任过狩猎敕使之职。因此，该段的故事很可能是虚构的作品，所以作为读者的我们暂且将其看作虚构的故事来阅读。

　　那么，斋宫与特使晚上共度了几个时辰呢？二人究竟有无实质的男女之事？实际上，从身份来看，斋宫是侍奉神明的巫女，其身体属于神明,神圣不可侵犯,而男子作为宫廷的特使,以这个身份侵犯斋宫,这在当时是不可想象的,几乎是不太可能发生的事情。并且斋宫周围定有多人侍奉,不说轻易与朝廷派来的人私会,就是将特使安排在自己住处周围过夜也不太可能。因此可以认为,特使与斋宫之间有男女之情是不成立的。

渔夫之船

从前,有一男子,完成了敕使的任务离开之时,在大淀渡口泊宿了一宿,咏了一首诗歌,请侍女转交斋宫:

> 谁人收割相见藻,
> 请君指点思伊人。

第七十段是第六十九段的后续。大淀渡口位于伊势神宫北方约五千米,那里有大与神社,斋宫去伊势之时在此处净身。在此段中,狩猎敕使在尾张国的差事已经结束,马上要回京复命,因此不便再前往斋宫之处,于是便作和歌一首交由斋宫的侍女代请转交。在和歌中,男子表达了与斋宫不能再会的悲伤之情。

神 桓

从前,有一男子,他作为敕使到伊势神宫参谒时,有一个在此当差的女子爱讲色情话,给男子写了一首诗歌:

> 今日宫中遇君子,
> 斋宫神墙欲越过。

男子回诗一首:

> 此情欲来尚可好,
> 神亦不禁此爱恋。

评析

该段与第六十九段相同,讲的也是朝廷派来的特使与伊势神宫中女子的故事。只是该段中的女子并非斋宫,而是斋宫的侍女。女子在和歌中提到了斋墙。所谓斋墙,是指在神域的周围建筑的神圣的墙。现在的伊势神宫由玉墙、瑞墙等四重墙包围,是神圣不可侵犯之地,普通百姓是无论如何也不能踏足的,甚至连偷窥都不行。越过斋墙便意指冲破了神宫的神圣性。因此,即使十分爱恋男子,女子也非常犹豫。男子不认同女子的这种犹豫,认为神并不会怪罪,因为神并不禁止男女之情。可见该男子的态度并不严肃,透着轻薄之感,与女子对神的敬畏和对爱情的向往的摇摆不定的态度形成鲜明对比。

《伊势物语》评析

第七十二段

大 淀 松

从前,有一男子,他心怀怨恨地给住在伊势国的一个女子写信:无法与君再相逢,只得远赴其他国。

女子回诗一首:

> 吾似伊势大淀松,
> 亦无恨情亦无怨。
> 君如波涛未接近,
> 只得如此抱恨归。

评析

这一段看起来与第六十九段和第七十一段的内容相似,但是没有明确点明女子是伊势神宫中的人及男子是宫廷的特使。从女子的和歌中可以知道,她虽然不是斋宫,但也可能跟斋宫一样,是侍奉伊势神明的人。而侍奉神明其实是一件非常痛苦的事情。从京都一路来到伊势,在大淀渡口净身之后便进入伊势神宫,从此便与男女之情隔离,也不被允许回到京城,这是何等孤寂难熬的岁月!这种心情只有大淀渡口的松树能够感同身受吧。女子的和歌正是表达了这种对自己的命运无可奈何的悲哀之情。

月 中 桂

从前,有一男子,他明知恋人身在何处,却连一封书信也无法给她送过去。男子便咏了这样一首诗歌:

> 举目映眼帘,
> 伸手不可摘。
> 卿似月中桂,
> 遥遥挂九天。

评析

该段中的男子虽然知晓女子身在何处却不能相见,甚至不能通信,暗示了该女子是同第六十九段中的女子一样,是伊势神宫的斋宫。男子把斋宫比作月亮中的桂树。月宫里生长着桂树的说法来自中国的传说。人们喜欢在月光皎洁的夜晚,透过美丽的月光,望着月宫中的桂树而陷入沉思。男子对斋宫的恋情也只能止步于沉思了。

《伊势物语》评析

第七十四段

重重山峦

从前,有一男子,十分怨恨一位女子。男子咏诗歌一首:

> 君处深山远隔地,
> 虽无艰险相见难。
> 日日思卿不曾绝,
> 奈何相逢日无多。

评析

这一段还是关于伊势国的故事。男子见不到伊势神宫中的女子,心中怀有遗憾和不满,但是也只能心怀爱恋并感叹。在该段中,男子说女子在那深山之处,自己即使跨越千山万水也难以找到,这与第七十三段中男子将女子比喻成月中之桂有异曲同工之处。

海　藻

从前，有一男子，对女子说道："我带你去伊势居住吧。"于是，女子向他咏了一首诗歌，态度比之前更冷淡了：

> 我心坚如大淀藻，
> 扎根海畔不转移。
> 天涯契阔难相伴，
> 得见君姿无他求。

于是男子答诗一首：

> 渔人刈藻袖难干，
> 我自思君不可抑。
> 只可相望难相闻，
> 此心郁郁不可终。

女子答诗一首：

> 大淀藻柔身飘摇，
> 却咬青岩不放松。
> 只求得见君逸姿，
> 纵使几回亦知足。

《伊势物语》 评析

男子再答诗一首：

> 我泪滔滔如江海，
> 长袖浸湿绞难干。
> 卿心冷硬如冰雪，
> 凝我绞袖水为雹。

评析

　　该段是伊势国物语的最后一段。虽说是以大淀渡口、海边等为材料作的和歌，但是，该段中男女二人的故事发生在京城。此次前往伊势的不是女子，而是男子。他也许是去任伊势国的地方官，或许是在神宫里任职。他在所咏的和歌里希望女子与他一起前往伊势，但是，女子冷淡地表达了拒绝之意，男子为此伤心。二人你来我往反复咏了几首和歌，女子始终处于优势地位，男子徒有伤心之情，二人的关系没有任何进展。

小 盐 山

从前,二条皇后还只是东宫[1]的母亲、未被封为皇后之时,有一次去参拜藤原氏祖先的大原野神社[2]。二条皇后的随从们都得到了衣服等各种赏赐物品,有一个在近卫府供职的老翁也从二条皇后的马车上得到了赏赐。于是,他咏诗一首奉呈给二条皇后:

> 今日祭先祖,
> 不禁忆天孙。
> 任凭光阴逝,
> 永怀昔日情。

老翁的内心是否怀着深深的忧愁,他心里又是怎么想的,笔者就不得而知了。

[1] 东宫:此处的东宫指后来的阳成天皇。他在出生后三个月,即贞观十一年(869),被立为皇太子,九岁(876年)时即位。

[2] 大原野神社:京都西方小盐山的东山脚下的大原野神社,是藤原冬嗣将藤原氏的氏神——奈良的春日之神请来之后建

造的。文德天皇时代,在大原野神社的祭祀活动开始参照春日神社的标准进行,冬嗣之女顺子以后,藤原氏出身的后妃们经常参拜此神社。

评析

在此次参拜中,在原业平以近卫中将的身份负责二条后高子的警卫工作,并去参拜。但是,业平是在贞观十七年(875)开始担任近卫中将的,与二条后作为东宫之母重合的时间只有贞观十七年和十八年。历史上并没有二条后在这两年中参拜大原野神社的记录。因此,该段虽说有实名描写,但并非史实,只能作为一般的物语描写来看待了。

文中描写近卫中将与其他官人一同接受赏赐。但是,文中特意描写业平是从二条后的车子里接过赏赐的,此处意在强调业平与二条皇后不同寻常的关系。

春 之 别

从前，有一位天皇，名为文德天皇。当时在他的女御[1]中，有一位名为多贺几子的女御过世了，便在安祥寺做法事。众人献上供品，供品多到上千件。众多供品绑在树枝上[2]，立于堂前，如此一来，便宛如草木繁茂的山一样，并向着堂前移动。右近卫大将藤原常行过来见此情景，在诵经结束以后召集了吟诗之人，让他们以今天的法事为题，创作带有春之情趣的诗句。一位司职右马寮[3]长官的老翁稀里糊涂地将其看成了真正的山，咏诗道：

　　山亦现此悲伤地，
　　犹如春光离别意。

从现在的角度来看，这并不是一首好作品。然而，当时的人们都觉得优秀。

[1] 女御：日本古时在天皇寝宫服务的地位较高的女子，地位次于皇后和中宫（中宫是与皇后有同等资格的皇妃）。

[2] 将供品绑在树枝上供奉为当时的惯例。

[3] 马寮：日本古时管理宫中及皇家牧场马匹的机构，分左

《伊势物语》

马寮、右马寮。

文德天皇的女御多贺几子是右大臣藤原良相之女,文德天皇在天安二年(858)八月去世之后,多贺几子也在同年十一月十四日去世,葬于安祥寺。但是,本段中右马头所咏和歌中有"春光离别"之语,也就是三月,如此算来便与女御去世之日不符。并且女御之兄藤原常行此时应是右近卫权少将,晋升为右大将是八年后(贞观八年,866年)的事情了。本段提到常行,说他是右大将,这与史实是有出入的。

众多悼念女御的供奉品绑在大树的树枝上,从礼堂往外看像是一座山。释迦牟尼入灭之时,周围的桫椤树垂下来结成一体,导致大山崩裂,右马头的和歌也意在表达这种意象。因此,虽说文中"春光离别"与女御的实际去世日期不符,这或许是作者通过新绿覆盖的美丽春日景象来表达对女御的深切悼念之情吧。

山科邸

　　从前，有一位唤作多贺几子的女御。在这位女御薨逝四十九日之时，安祥寺为她举办了一场法事。右大将藤原常行到此祭奠妹妹。他在从安祥寺返回的途中前去拜访了一位已经出家、住在山科的亲王。亲王设在山科的宅邸瀑布飞落，曲水流深，别有一番意趣。藤原常行对亲王说道："在下此前一直在他处任职，虽仰慕您已久，只是一直苦于没有时机，故而无缘得以亲近。此次一定要向您好好讨教讨教。"亲王自是非常欢喜，急急吩咐下人为常行一行人安排住处。而此时右大将常行从众人中踱步出来，略为思索片刻，向随从说道："初次拜访亲王府上，未备薄礼，实在惭愧。陛下巡住于我父良相的三条邸之时，有一人欲向陛下献上纪伊国千里滨的奇石一块。然而奇石献上之时陛下已经返驾回宫，最终那石头也就被随意地放在了某人屋前的水槽旁。与其被那样随意弃置，不如取来为此精妙庭院稍做添饰也好。"于是常行吩咐随从前去取石。没过多久石头就被运来了。眼见此石之奇，远比耳闻更叫人惊叹。可若仅是献石，未免显得少了几分趣致，于是常行让众人都来以此奇石为题吟咏诗歌。其中右马头题歌一首，最终常行命人将此诗刻于石上，一同呈献给亲王：

　　　　借此奇石托薄志，

《伊势物语》评析

一片丹心望君知。

 评析

　　这一段接着上一段,描写了多贺几子女御四十九日法事时的场景。上一段以右马头所咏和歌为中心,这一段右马头的和歌不再是中心,更像是对前文所述内容的概括。该段的中心是女御法事后面的故事,即右大将常行去拜访禅师亲王的故事。此处的亲王普遍认为是仁明天皇的第四皇子人康亲王。人康亲王于贞观元年(859)五月出家,比女御的四十九日法事(贞观元年一月)稍晚几个月。这跟上一段一样,物语的描述与史实存在差异。

　　另外,文中常行向亲王敬献的石头现今在安祥寺东面的诸羽神社的西北角,现在称为琵琶石,只是现今的人们即使看到这块石头也不会认为其有何特别之处。

千寻之树

从前,在原家族中降生了一位亲王。众人纷纷吟咏诗歌庆祝亲王降生。一位亲王祖父辈的长辈也咏诗道:

> 亲王犹如千寻树,
> 使我蓬门得广庇。

这位亲王就是贞数亲王。当时人们纷纷传言道,此子是中将业平的孩子。其实是业平兄长行平之女——清和天皇更衣文子所生。

评析

在平安时代,人们最初经历的人生仪式是出生仪式。仪式在小儿出生的第三、第五、第七、第九天举行,目的是为孩子去除不吉利因素,祈祷孩子此生无病无灾。家族成员会在举行出生仪式时赠予衣服、食物等。该段提到的皇子应该是后来的贞数亲王,其母是业平之兄的女儿文子,即清和天皇的更衣(后妃的一种,其等级次于女御)。

该段的和歌提到了"千寻之树",一寻相当于将胳膊展开的长度,可见千寻之树就是相当大的树了。和歌意指如此大的树木夏天可以用来乘凉,冬天可以用来挡风雨,因此在原一族会受到这位刚诞生的皇子的荫蔽。

衰败之家

从前,在一户家道中落的人家中,有人种植藤花。在三月末一个下着绵绵细雨的春日里,此人折取了一支藤花,附诗一首献给了一位藤原氏家族的高贵之人:

> 雨落沾衣不足惜,
> 只盼折枝挽春住。

该段中的和歌表现了惜春之意。实际上,这首和歌改编自白居易的《三月三十日题慈恩寺》一诗:

> 慈恩春色今朝尽,
> 尽日裴回倚寺门。
> 惆怅春归留不得,
> 紫藤花下渐黄昏。

该段开头便注明"是家道中落"之人家,指的是在原业平在政界不顺,官位一直得不到提升。因此,他不顾风雨采摘藤花献给藤原氏,藤花喻指藤原氏。而和歌的实际含义是正如春天即将结束,我人生的美好时光也即将过去,希望得到权势之家藤原氏

《伊势物语》

的垂怜。

但是如此一来,在原业平的形象便大打折扣,变成了一个向权势低头的俗人,想必这不符合作者的原意,也不符合《伊势物语》中在原业平的人设。

盐 釜[1]

　　从前，有一位叫作源融的左大臣。他在贺茂河畔六条大道边建了一座颇有意趣的庭院并居于此处。十月末，菊花艳至绯色，红叶深浅相宜之际，左大臣宴请了众亲王来到此地。众人品酒赏乐，共度良宵，不知东方已泛白。此时，众人感慨此宅邸意趣别具一格，纷纷吟咏起了诗歌。一个乞爷在座位旁转来转去，待众人咏完之后，方咏诗一首：

> 万里飘摇盐釜至，
> 此庭风景更无双。
> 晨风息止浮舟近，
> 更添此浦三分情。

　　此人曾去过陆奥国，在那里见到了很多别有一番趣味的不可思议的景象。在日本的六十余国中还没有哪处的风景可以比得上盐釜的。正因为如此，这位老爷子才对此宅邸中仿造盐釜的布景赞赏不已，吟咏了"万里飘摇盐釜至，此庭风景更无双"这一诗句。

《伊势物语》评析

注

[1] 盐釜(湾)：位于宫城县中部、松岛湾西南部的海港内湾。

评析

在贺茂川岸边六条附近建造别墅的左大臣指的便是源融(822—895)，他是嵯峨天皇的第十二个皇子，于贞观十四年(872)升为左大臣。源融在这个别墅里挖掘了池塘，每月引入三十石的海水用来养鱼。因此，这位大臣也被称为河原左大臣，这个别墅被称为六条河原院。这个别墅的院子是仿照盐釜湾建造的，这一点相信参加宴会的皇子和贵族们都知晓。通过在原业平的和歌里吟诵出来，是为了提示读者在原业平当年被流放东国之时去过盐釜湾，通过他吟诵出来更加可信，也让读者回想起他当年流放的经历。

渚　院

　　从前,有一位惟乔亲王。这位亲王在与山崎[1]相对的水无濑[2]建有一座行宫。每年樱花盛放之际,亲王都会携右马头一同前往这处行宫游乐。由于年代久远,那位右马头的姓名已有些模糊了。现下的亲王与右马头不似年轻时酷爱鹰猎,只一心沉浸于品酒和咏诗之中。举行鹰猎的地方叫作"交野",此处的渚院中,正值樱花盛放。一行人在樱树下下了马,折花簪于发间,从高位、中位至低位之人纷纷吟咏了诗歌。右马头咏诗如下:

　　　　此花飘摇径自落,
　　　　徒使多情空伤悲。
　　　　若无此花世间存,
　　　　戚戚我心自悠然。

又有一人咏诗如下:

　　　　人生此世多烦忧,
　　　　韶年华色苦难留。
　　　　此花盛时常惜取,
　　　　花散更添几分情。

　　众人咏完,从樱树下离去,已是日暮黄昏了。随从遣下人取

《伊势物语》 评 析

酒前来,亲王正在想找寻一个畅饮之地以尽兴。当此之际,众人已不觉行至了一个叫天河的地方。右马头向亲王劝酒一杯。亲王说道:"不妨以'狩至交野,不觉行至天河之畔'为题咏诗一首,再饮此杯。"于是,右马头咏道:

逐猎日暮遇织女,
天河一夜宿可否?

亲王反复咏诵这首诗歌,只觉精妙,一时竟无法成诗答复。纪有常也恰在旁随侍,于是回诗一首:

痴心苦候郎君至,
非我所待宿难留。

亲王一行在返回水无濑之后就回到了行宫。众人彻夜饮酒畅谈,最终亲王不胜酒力回到了寝宫歇息。此时,正是此月的十一日。右马头观月隐山头的景色,咏诗一首:

清辉莫隐山间尽,
使我稍窥月光白。

纪有常则代亲王答诗一首道:

若能平此山间岭,
此月清辉再难藏。

注

[1] 山崎:位于山城国(今京都府)内。

[2]水无濑：大阪府东北部，平安时期是桓武天皇、嵯峨天皇的狩猎地及贵族的游玩之地。

评析

  第八十二段、第八十三段、第八十四段是关于惟乔亲王的描述。第八十二段是惟乔亲王在右马头的陪伴下享受悠闲生活的描写。

  惟乔亲王（844—897）是文德天皇作为皇太子时所生的第一个皇子，母亲是纪名虎的女儿静子。在原业平的妻子是静子的哥哥纪有常之女，因此在原业平与惟乔亲王有比较近的亲戚关系。原本惟乔亲王深受文德天皇喜爱，文德天皇有意立其为太子，但是最终并未实现，惟乔亲王的一生也过得并不如意。之所以如此，是因为太政大臣藤原良房的女儿明子所生的第四皇子惟仁亲王在刚刚满九个月（此时惟乔亲王七岁）的时候便被藤原良房立为太子。之后，惟仁亲王九岁的时候即位为清和天皇，藤原良房便自命为第一任摄政。面对着如此强大的政治对手，惟乔亲王对未来便不抱任何希望了。

  原本纪名虎作为惟乔亲王的外祖父可以竭力辅佐亲王，但是纪名虎在亲王三岁时便去世了，其子纪有常的官位一直很低，无法成为亲王的后盾。因此，惟乔亲王在二十九岁时托病出家了。而在原业平在政坛也一直不顺利，这一点与惟乔亲王有相似之处。二人一方面有亲戚关系，另一方面人生际遇相似，因此，他们一直保持着亲密交往关系，远离朝局，倒也过着悠闲风流的生活。

  第八十二段的开始部分描述了惟乔亲王和在原业平共同赏

花之时的情景,描写了他们的惜春之情。接下来的和歌对答以中国牛郎织女的故事为背景互相调侃,体现了君臣和乐的美好景象。最后一节中,惟乔亲王因为酒醉加之疲劳要休息,在原业平希望能够继续玩乐,便以月亮为题,希望月亮不要藏于山后,如此惟乔亲王便不会睡觉可继续赏月了。纪有常回歌道,与其希望月落不藏于山后不如希望没有山呢。这两首和歌可以说是为了下一段惟乔亲王出家做了铺垫。月亮代表惟乔亲王,山代表朝廷势力,惟乔亲王出家是因为朝廷的当权者所迫。纪有常的和歌暗示了这一点。

第八十三段

小　野

　　从前，惟乔亲王前往水无濑的行宫鹰猎时总会命右马头随行。几日之后，亲王打道回府，右马头意欲送行之后早日回到家中休息，不料亲王又赏赐了美酒，不想放右马头离开。右马头心中焦虑，又别无他法，只得翘首等待着亲王的放行。于是，他咏诗一首：

　　　　春宵难如秋夜长，
　　　　但乞归家稍稍眠。

　　那时正值三月末，亲王也不去休息，只与右马头二人彻夜长谈。尽管右马头始终侍奉亲王身侧，最终亲王还是出乎意料地选择了出家。次年正月，右马头于小野拜访亲王。那时比叡山[1]积雪已深，右马头冒雪行至庵堂，终于见到了亲王。亲王一人孤寂地在庵堂中，神色茫然而悲怆。右马头见此情景，不由得想起去年此时亲王身侧前呼后拥、热闹非凡的景象，更觉今非昔比，心中悲痛不已。右马头因仍须返回宫中任职，不能常伴亲王，只好在与亲王寥寥几句叙旧之后，就于日暮之际踏上归途。离去之际，右马头不觉潸然泪下，作诗一首：

　　　　鲜花着锦犹昔日，

《伊势物语》评析

深雪孤灯似梦中。

注

[1] 比叡山：位于滋贺县大津市和京都府京都市东北部。因延历寺和日吉大社位于山中，自古便是朝圣胜地，与高野山齐名。

评析

该段的开头部分继承了上一段，亦描写了亲王和右马头（在原业平官职）一起玩乐的场景。不同之处在于，在上一段中，到了傍晚，亲王觉得疲累想要休息，业平以月亮为诗极力挽留，希望继续饮酒。此段开头部分则是业平想要告别亲王回家，亲王却挽留他，让他继续陪伴自己度过这个晚春的夜晚。业平接受了亲王的挽留。从中可以看出业平对亲王的感情很真切，这种感情并非仅仅因为忠诚，可以说是相互信赖、相互理解的友情。

接着描述了惟乔亲王出家的场景。历史上，惟乔亲王是在贞观十四年（872）七月二十九岁的时候出家的。也正如文中所记述的那样，亲王的出家事出突然，很多人都不知情。出家的理由在上一段有所提及，即因为惟仁亲王被立为皇太子，之后又继位成为清和天皇。原本文德天皇最欣赏的皇子是惟乔亲王，但是，由于藤原良房是惟仁亲王的外祖父，文德天皇抵抗不过，只能立惟仁亲王为皇太子。在《平家物语》中亦有关于惟乔亲王和惟仁亲王争夺太子之位的描述。书中说道，文德天皇让惟乔亲王和惟仁亲王通过赛马和摔跤来争夺太子之位，胜者则为太子。双方为了取胜居然还请来了僧人祈祷。这看起来虽是非常荒诞无稽的描写,但是也印证了惟乔亲王确实参与过太子之位的争夺。而且平安时代的人们普遍认为惟乔亲王出家就是因为在太子争夺战中失败而不得不为之的行为。

实际上,在皇位争夺战中取得胜利的清和天皇对哥哥惟乔亲王的出家亦是深感苦恼,在惟乔亲王出家四年(贞观十八年,876年)后,清和天皇选择了退位,并且在三年后出家,一年后便薨逝了。由此可见,亲王们的内心还是纯良的,对于皇位也并非执着,但是有时候被藤原家族利用,成为他们掌控政权的工具而已。

《伊势物语》在该段中对上述历史事件和惟乔亲王出家时的场景并未做详细描写,这反而让读者有了无限的遐想,进而产生了去追究其原因的想法。

《伊势物语》评析

第八十四段

悲 别 离

从前,有一位男子,他官职低微,母亲却出身皇族。男子在宫中任职,母亲则身居长冈。他想要长久侍奉母亲,却无法常常相见。他的母亲也只有他一个独生儿子,因此非常疼爱他。然而,在十二月之时,他收到了一封母亲加急送来的家书。大惊之下急忙展信,只见信中有母亲诗歌一首:

> 大限将至别离近,
> 思儿之心愈复深。

他阅后不禁泪下,回复诗歌一首:

> 长愿双亲千岁寿,
> 此世再无骨肉离。

评析

这一段描写了在原业平与母亲的母子之情。在原业平的母亲是桓武天皇的皇女伊登内亲王,于贞观三年(861)去世。根据本段的内容,伊登内亲王此时已是晚年,在原业平的官位是从五位下,仍然是右马头。作为母亲的内亲王一方面希望儿子能够在

第八十四段

政界有所作为,提高官职;另一方面希望业平能够从繁忙的政务之中解脱出来看望一下自己。当时在原业平由于家世等各方面的原因已经在从五位下官位上徘徊10年以上之久,在伊登内亲王去世的第二年得以升职,母亲至死都还在为儿子的前途担忧吧。

从本段内容来说,内亲王作为母亲在年末给儿子写了这么一封热切希望会面的信,是因为新的一年即将到来,自己又要老去一岁,内心愈发不安,担心自己与儿子永远分别的日子越来越近。但是,内亲王的信并非采用命令的语气,而是充满着柔情、温情,既体现了伊登内亲王对儿子的思念,也保持了贵族女性的优雅风度。业平的回信虽然不及母亲的和歌深切,但是,两封信中包含的纯粹的母子之情,穿越了千年的时光,仍然打动着我们的内心。这也许正是《伊势物语》的魅力所在吧。

第八十五段

飞 雪

从前,有一男子,自孩童时就一直侍奉一位主君,可这位主君不久前却出家了。虽然平日需要在宫中当值无法前去向主君请安,但他依旧不改忠心,每逢正月必定要前往拜访。此时,往昔曾随侍亲王的众人,不论僧俗都聚于庵堂拜访亲王。亲王感念众人忠义之心,又念值此辞旧迎新之际,便赐酒给众人。其时漫天鹅毛大雪纷纷扬扬,连降一日竟不停歇。众人酒醉之下,以"飞雪阻归途"为题咏诗。男子咏道:

纷纷白雪知我意,
留我此身侍君侧。

亲王闻此诗歌慨叹不已,解衣赠予了男子。

评析

该段与第八十三段的背景相同,都是在正月里拜访亲王时被困。另外,因为平时公务太忙不能时时拜访亲王这一点又与第八十四段不能探望自己母亲的设定相同。该段与第八十三段的不同之处在于,在第八十三段中,只有在原业平一人拜访亲王,亲王本人的情绪亦甚低落,整段给人以寂寥之感。而该段中,有很多

第八十五段

人齐齐拜访,烘托出了节日的欢快气氛。男子的和歌表达出了自己公务在身不能时常陪伴亲王的遗憾,但借此雪天封路之际可以将自己从公务中解放出来得以陪伴在侧的喜悦之情。想必亲王听此和歌也会感到喜悦和安慰吧。

《伊势物语》评析

第八十六段

各自存

从前,有两个少年男女互通情意。然而,因二人家中父母反对之故,最终此段恋情不了了之。多年之后,男子仍对曾经的青梅竹马之情难以释怀,于是咏诗一首:

> 岁月消逝往事尽,
> 东西流离各自存。

然而,二人之间已难以再回到从前。虽然如此,也无法完全不再相见,毕竟他们都在宫中侍奉啊。

评析

第四十段描述了年轻男子对女子热烈的感情。由于父母不同意自己与喜爱的女子在一起,男子伤心郁闷至极竟晕厥。但在这一段中,男女二人遵循了父母的意见,分手之后各自成家,但是男子心中仍然挂念女子,于是便有了本段的和歌。

《伊势物语》中有几段均是描述年轻男子的爱情。例如,第一段描述了刚刚元服之后的男子看到心仪的女子之后,便不假思索地扯下衣服的一块布作和歌一首,向对方表达爱慕之情。第四

◎ 第八十六段 ◎

十段的男子因为父母将自己心仪的女子赶出家门便以死抗争。但是在这一段中,男子似乎很平静地接受了父母的意见,只是在心里思念女子,偶尔作和歌一首表达下不甘心之情。

《伊势物语》评析

布引之瀑

从前,有一男子,他的父亲于摄津国菟原郡的芦屋有一处属地,于是他在那里居住了一段日子。他在此曾作诗一首:

> 芦屋荒海制盐忙,
> 小梳未簪急会郎。

这是发生在芦屋一块波涛汹涌难以航行的海域的事。这男子虽然官位并不显赫,但因在宫中任职,常有卫府的佐官前来拜访他。男子的兄长也在卫府中任职,是卫府的督长官。兄长在男子宅前海畔一番游览之后,说道:"听闻此山上有一瀑布唤作'布引',不妨前去观赏一下如何?"众人登上此山,果然见到了瀑布。此瀑布不同于等闲,是于一块长约二十丈、宽约五丈的山石上垂落的,远看仿佛一道白练包裹住了此巨石。在瀑布的上部,因有一块蒲团大小的山石突出,以至于奔涌的激流撞上此石,竟溅落出无数有如小橘或板栗大小的水珠。众人观此景致,纷纷咏诗。其中,卫府的督长官咏诗如下:

> 空有满腹踌躇志,
> 未知何时方可展。
> 飞瀑奔流苦泪噎,

竟问二者孰更长。

男子也咏诗一首：

> 恍有牵丝引线手，
> 拂此珠玉纷纷落。
> 我袖狭难盛珠尽，
> 空使莹泪四处流。

众人听到男子的这首诗，都觉得别有一番意趣，于是细细咀嚼，不再另咏了。

归途路遥，众人途经已亡故的宫内卿持善的旧宅时已是日薄西山之际。眺望远处隐隐可见的男子的宅邸，其周围已亮起了渔火点点，男子不觉咏诗道：

> 渔火点点户旁明，
> 错疑星斗与流萤。

众人回到家中。其夜，海风南吹，浪卷千层。次日一早，家中的女婢外出于海滩上拾得了一些夜间海浪拍打上岸的海藻。女婢拿回家中之后，拿出高脚器皿将海藻盛于其中，上覆榆树叶一片，又在树叶上题上诗歌一首，奉给了男子：

> 海君不惜束发藻，
> 遣浪翻滚赠君来。

侍女毕竟出身乡野，能作出此等诗歌，虽有不足，但已然可堪赞赏了。

《伊势物语》评析

评析

　　摄津国菟原郡在第三十三段也出现过,讲述了男子与当地女子私通的故事。此段中描写的男子虽说在京中任职,但仍然会前往菟原郡的芦屋小住,说明男子在此处有自己固定的住所。实际上,现在的芦屋市内有个地方叫业平町,也有以在原业平的父亲阿保亲王命名的寺庙和神社。以业平和阿保亲王命名有可能受到了《伊势物语》的影响,但是,此地确是阿保亲王传给在原氏的领地,行平和业平兄弟确实在此居住过一段时间。或许正因为此才有了该段的故事。

　　本段督长官的和歌是以眼泪跟眼前的瀑布进行比较。这与该段的气氛不甚相符。在大家都尽兴游玩之际,出现了关于眼泪的描述实在是煞风景,容易打扰众人的兴致。主人家故意以夸张的不现实的描写方式来博大家一笑,反而起到了助兴的效果。男子所咏和歌承接了上一首和歌的意境,但是表述得不太直接,因此,众人也便不再像刚开始那样开怀大笑了。在游玩结束、前往业平的宅邸途中,众人眼中所眺望的业平宅邸有着京中所见不到的独特美景,因此,业平所咏的和歌体现了他对自己宅邸的自豪之情。而后面那首海藻的和歌应该是女主人所作,表达了好客之意。最后一句评论虽说将其称为"乡下人",但这是主人的自谦语。真正的"乡下人"应是第十四段和第十五段中陆奥国女子那种没有品位的人吧。

月难赏

曾有几位已至中年的友人相聚赏月,其中一人咏诗如下:

　　蟾宫玉桂纵堪赏,
　　强赋新词岂可求。
　　月明天际清辉永,
　　人生老迈已多艰。

评析

　　该段描写了不再年轻的男子跟朋友们一起赏月饮酒的场景。在平安时代,四十岁便标志进入了老年,因此,男子在不知不觉中忽然发现自己已经到了初老的年龄。在和歌中,他对月亮的吟咏与他人不同。一般情况下,在赏月时所咏和歌都是对月亮的赞美,但是男子将月亮的"月"和年月的"月"结合起来,意思是说不要再空赏月了,年月很快溜走了,我们都变老了。他这种巧妙的构思定会引起友人们的共鸣。在《伊势物语》中有很多男子跟友人在一起的场景描写,可以说这些友人才真正理解男子,是他的精神支柱。

第八十九段

道听途说

从前,有一位男子,虽然身份并不低微,但痴恋一位身份远高于自己的女子。时隔多年,男子仍不忘旧情,咏诗如下:

　　此情引致神灵怨,
　　纵死只作痴魂来。

评析

这一段开头写男子爱上了一位比自己的身份高贵许多的女子。这让人联想到在原业平和二条皇后的故事。因此,男子的这种爱恋无法对人诉说,只好独自一人吟咏和歌抒发感情。和歌的意思是:自己如果因为苦恋而死,人们定会认为是因为受到了神的惩罚,但是其实并非如此,自己的死是心甘情愿的,与神的惩罚无关。

在《伊势物语》中不惧神的惩罚而进行不伦之恋的情节在第六十九段中亦有明显体现。第六十九段中,伊势斋宫本是侍奉神明之身,按理说应该清楚地明白与男子私会是不被允许的,是要受到惩罚的,但是仍然控制不住自己的感情。斋宫的这种对爱情的态度与该段中的男子是一致的。

樱　花

从前,有一男子,总想着如何得到一高冷女子的心。这女子兴许是被其诚意打动,觉得他可怜,深切地讲道:"既然这样,那明天我们隔帘相见吧。"男子闻言,十分高兴,但又心生疑虑,不确定这女子是否出自真心。于是,男子在盛开的樱花枝头系上一首诗歌:

> 樱花烂漫开,
> 偏明后凋零。
> 此景甚虚明,
> 托身难凭依。

由此看来,这男子的疑虑也并非毫无道理吧。

评析

男子在多次对女子表明心意之后,终于收到了女子的一封不冷不淡的回信:我们可以隔着帘子说话。即便如此,男子也非常高兴,认为自己的恋情终于有了进展。对于此,作品里评价说:"女子觉得他可怜。"也就是说,男子认为自己的恋情取得重大进展,实际上只是女子对他略表同情罢了。男子大约也觉得女子的突然回应令人不安，因此写了一首和歌以表达现在的心情。在和歌中，男子以樱花作比，认为樱花体现了"无常之感"，眼前盛开的樱花或许过了今晚就凋落了，实在令人惋惜。这好比自己与女子的关系，现在看起来有了进展，明天相见之后又会是怎么样的结果呢？还能不能再继续见面呢？因此，这首和歌表达了男子的不安之感。文中最后评论说，如此的担心也不是没有道理的。

惜 春 逝

从前,有一男子,感伤时光流逝,却无法与心上人相见的痛苦。他于三月末之时咏诗一首:

> 月末春残年岁逝,
> 日薄西山更思君。

评析

该段跟上一段一样,都是男子感慨恋情之歌。日子一天天地过去,自己的恋情却迟迟没有进展,在这种情境下,眼看着春天过去了,自己的内心便越发不安。实际上,惜春也是《伊势物语》的一个重要主题。这一点在第八十段也有所体现。或许不仅是惜春,亦有作者对自己年少和年轻时代的回忆,如今韶华已逝,步入初老之际,更容易对暮春产生诸多感慨。在现代的许多歌曲中亦有珍惜少年时光、感慨青春已逝的词句,可见"珍惜光阴"也是传统观念之一。

第九十二段

无 篷 舟

从前,有一男子,痴恋一女子,便时常在她家门前徘徊,然而,连仅仅向她递一封书信都做不到。于是,他只好独自咏诗道:

> 无篷小舟隐苇丛,
> 来去匆匆无人知。

这一段记述了男子对女子的单恋之情。别说正式见面,连给女子送封信都做不到,然而女子或许对此毫不知情。在和歌中,男子将自己比作芦苇荡里的小船,而且比作没有篷子的小船。男子的意思是如果有篷子的话,还可以在长着芦苇的湖里悠闲地划着小船,没有篷子的小船却做不到这一点。这暗示了男子的不安之感。

尊　卑

从前,有一男子,虽然身份卑微,却痴恋一位身份远高于自己的女子。许是此恋情稍稍有了些盼头,更使得他坐卧不安,愁思郁结,他咏歌道:

　　　　九天彩云径旁泥,
　　　　遥相痴望难相依。

原来古时就有这样因身份悬殊而苦恋不得的事儿啊。

评析

这一段讲述了身份较低的男子恋上了身份高贵的女子的故事。在第八十九段也有同样的描述。因此,可以认为该处仍然是在原业平与二条皇后的爱情故事。文中生动地描述了男子对女子的依恋之情,明知不可行却还是难舍爱恋,因此只能自己承受坐立难安的痛苦。在和歌中,男子认为所谓爱情必定要身份相当,不然只会徒然遭受烦恼和痛苦。最后一句话点明了该段的重点,强调了门当户对、实力相当的爱情或者婚姻自古便有,这也算是人生的感悟或者真理吧。

春花秋叶

从前,有一男子,不知何故与一女子断绝了往来。女子之后与别的男子在一起了,因她与这男子已经育有一子,二人关系虽不复往昔,但不时仍会互通音信。因女子是一个擅长绘制之人,男子曾去信给她,希望她能帮自己绘制衣服的花样。然而,女子表示她现在已和别的男子在一起了,这样不太方便。于是这件事就这么一日两日地搁置了下来。这男子得知后,心中不是滋味,他说道:"委托你的事到如今都没有动静,虽心知情有可原,但还是会止不住在心中稍稍怨怪你一下。"其时正值秋季,他咏诗一首,抒发了自我嘲弄之意,并寄予了女子:

耽于秋夜忘春日,
春霞岂可比秋霭。

女子答诗一首:

千秋终难及一春,
春花秋叶皆难留。

评析

　　男子不明缘由地便不再拜访女子,但是两人之间有个孩子,由于平安时代孩子基本由母亲抚养,所以女子会偶尔与男子联系告知孩子的情况。但是文中提到的不是关于孩子的消息,而是男子拜托女子为他的和服绘制图案。此时女子已经与其他男子来往,便对男子的事情不再上心。如此拖延几天之后,男子便开始嫉妒起来。于是咏了一首和歌表达他的不满。他将自己比作春霞,将女子新交往的男子比作秋雾。实际上,在《万叶集》中有"秋霞"的描述,但是平安时代之后的文学作品中便很少出现"秋霞",只有"春霞"了。在男子的和歌中,他说在女子心中秋雾胜过春霞,充满了讽刺与醋意。女子的回信直接回答了男子,说一个春天抵得上千个秋天,也就是说现在交往的男子比前夫差远了,而将前夫高高捧起。但是马上又说,无论秋天的红叶还是春天的樱花最终都会凋零,即再美好的事物或是感情都会消失,暗示了对男子不能长守在身边、弃自己而去的怨恨。可以说这是一位有才华有智商的女子了。

牵牛星

从前,有一男子,在宫中侍奉二条皇后。他与一个同为服侍二条皇后的女子朝夕相对,渐生情意,于是向她诉说了自己的相思之情。他向女子说道:"无论怎样都好,即便是只能隔着幔帐或竹帘见一面也好,求卿能够稍慰我这一直以来求而不得之心吧。"于是女子悄悄地隔着幔帐和他见了一面。二人各诉衷肠时,男子咏诗道:

> 恋卿痴心胜牛郎,
> 万望银河勿相隔。

女子闻此诗歌,被男子一片真心所打动,之后逐渐对他亲近了起来。

评析

男子倾心女子已久,反复恳求女子与之约会终得应允。女子隔着帘子与男子相见,二人相谈甚欢。但此时男子不再满足只与女子隔帘相会,便吟咏一首和歌,歌中以牛郎作比,牛郎每年尚且可以与织女面对面相会一次,希望他们之间也可如此。女子被男子的和歌感动,应允了男子。实际上,女子既然答应与男子见面,二人的关系更进一步也不是不可能。男子通过一首和歌便达到了目的,这也是物语所倡导的和歌的魅力。

《伊势物语》评析

天之逆手[1]

　　从前，有一男子，长久以来一直执着地追求一位女子。时光流转，这女子也非木石之心，也许是终于为男子的诚心所打动，逐渐接受了他。其时正值六月十五日之际，女子身上的汗疹发了，长了一两个疮。于是，她向男子递话道："如今我心中除你之外已经容不下他人了。可最近天气实在太过炎热，身上长起了几个疮。待到秋风送爽之时再相见如何？"到了秋季之后，不知从哪里到处兴起了一些女子将要前往相会那男子的传言，还引起了一些纠纷。于是，女子的兄长立刻前去将她接了回来。女子只好遣侍女去拾来一片初染霜色的红叶，并题诗一首：

　　　　旧诺难兑缘如水，
　　　　秋叶填江浅难航。

　　她留下"若是那边派人来，就把这个给他"的话之后，就离去了。自此之后，那女子到底怎样竟音信全无了。无论她如今过得好与不好，还是她去了哪里，都无从知晓。那男子不禁恨恨地拍打了一下天之逆手，诅咒了一番。真可怕啊。不知诅咒是否真的会应验呢？他说道："此番就能见个分晓了。"

◎ 第九十六段 ◎

注

[1] 逆手：日语读作「さかて」。日本上古时期诅咒人时的拍手动作，边后退边拍手，或将手转至身后拍打。

评析

可以认为第九十六段是在原业平和藤原高子爱情故事的重复。该段虽未提及此处的"兄长"为何人，但是可以推断出是高子的哥哥藤原基经，"父亲"则是藤原良房。藤原良房通过"承和之变"逐步掌握政权，在扶植外甥道康亲王上位并最终成为文德天皇之后，良房便依靠外戚地位成为"摄关"。由此也开启了藤原氏把控朝政300余年的历史。由此可知，藤原良房能够成为"摄关"的最关键一环便是他的外戚身份。如果要继续这种局面，则必须继续保持外戚的身份。因此，对于藤原高子来说，她的人生别无选择，只能入宫成为清和天皇的妃子并顺利诞下皇子，以延续藤原家族的地位。那么，男子意图与高子私奔于藤原良房来说便是必须制止的行为。男子也只能空悲叹而毫无对策可施展，结尾处说他采取"天之逆手"的方法对女子进行诅咒，也正体现了他极度悲伤与无奈的心情。

四十寿贺

从前,有一位堀河大臣,曾在其九条的宅院中举办四十寿宴。其中有一位前来贺寿的中将咏诗道:

> 漫天樱雪迷人眼,
> 竟使老翁不识途。

在九条有宅邸的堀河大臣,应该是由右大臣(872年)升至太政大臣(880年)的藤原基经。而他的四十祝寿是在贞观十七年(875)举办的。此时的在原业平五十一岁。业平所咏和歌的开头便提出樱花散落满地,给人以不祥之感。但是,他在后面解释了为何以落樱为题,是希望这樱花将路全部盖住,让使人变老的神找不到来的路。这体现了贵族们对老去的恐惧。

梅绢花枝

从前,曾有一位太政大臣,其下属于九月之际,在雉鸡上附一绢制梅枝,献予太政大臣,并咏诗道:

> 主君恩泽如暖日,
> 催此寒梅四季开。

太政大臣觉此诗歌甚得妙趣,于是赏赐了很多东西给这个下属。

评析

该段中的太政大臣究竟为何人,文中并没有交代清楚。通常认为是上一段的藤原基经的养父藤原良房。但是,文中所说的下属是谁呢?如果下属指的是在原业平的话,那么这段描述便与历史不相符了。因为在原业平从未在藤原良房身边任过职。因此,此段只是将故事情节嫁接在藤原良房和在原业平身上,让读者认为这两位是本段的原型。从和歌的内容来看,男子将主人比作他所赠送的梅花,由于这是用树枝折出来的具有梅花造型的花,所以不会凋零,男子以此来比喻主人的事业和家族也会永葆繁荣昌盛。男子可以说是竭尽全力地在阿谀奉承主人家了。但是,如果这下属真的是在原业平的话,那么他做出此种行为便与他历来的做派不甚相符了。实际上,如果深入考虑的话,可以看出作者的用心,这梅花毕竟是人为制作出来的,并不是真正的花,因此当主人因为这花、这和歌而感到欣喜的时候,赠诗之人说不定在暗自嘲讽主人的愚蠢。这或许是作者假借在原业平之名赠诗的原因吧。对藤原氏加以嘲讽才符合业平的一贯作风,也符合作者在文中一贯的态度。

骑射之日

从前有一日，在右近卫府的马场上举办了一场骑射比赛。马场对面停放了一辆非常漂亮的牛车。近卫中将从车中垂帘间隐约瞥见了车内女子的容颜，于是咏诗一首：

> 似曾相识旧红颜，
> 扰我心湖起波澜。

女子答诗道：

> 切莫草草妄臆测，
> 欲知吾身唯凭心。

之后，近卫中将见到女子后终于明白了她的身份。

 评析

从奈良时代起，端午节当日，宫内的宴会结束之后，会在宫里的马场进行赛马比赛。此时便会有官眷们乘车在马场附近观战。参与赛马的贵族男子们自然会关注场边、坐在牛车里的女子们，想象那层薄薄的白色挡帘后面的女子会具有怎样的美貌和才情。男子的和歌表达了自己对于若隐若现的女子心向往之的情感。

女子的回信也展现了她的才华,表示看不看得见都没有关系,两个人的爱情之中最重要的是心意相通。男子被女子所感动,并认为她对自己有意。在《大和物语》第一百六十六段也有相似的情节及和歌描写。

忘 忧 草

从前,有一男子,在穿过后凉殿和清凉殿之间的游廊时,听到旁边一位身份高贵的女子的住所内有人感叹道:"这忘忧草又叫忍草吧[1]。"那主人还托人送来一株忘忧草给这男子。男子将这忘忧草佩戴起来,吟咏道:

> 忘忧草岸难忘忧,
> 忍草永植我心间。
> 我意依旧未曾改,
> 情难自已盼相逢。

注

[1] 忘忧草的内在含义为"你已经把我忘记了吧",忍草则包含了"即便这样,我仍偷偷思念着你"的意义。忘忧草在古代称为萱草,此花甚美,在中国古代被认为是让人忘掉忧愁的草。这种带有文学色彩的情调后来传到日本,在《万叶集》中也有忘忧草的描述。平安时代以后,萱草便被赋予了能够忘掉恋情痛苦的功能,尤其是能够忘掉已经分开的恋人。因此,忘忧草便在吟咏爱情的和歌中经常出现。

《伊势物语》 评析

　　忍草是生长在石头边或者院子、树木边上的草。在日本古代被认为有驱邪的功能。因此，在祭祀时穿的衣服上会常见忍草的图案。而在和歌中经常将忘忧草和忍草放到一起使用，是因为这两种草具有其他的草木所没有的灵异功能。

评析

　　清凉殿是天皇起居之地，由此可知，男子是在天皇身边供职之人，那么女子也是宫内女子。可推测女子应为二条皇后，男子是在原业平。女子给男子递送忘忧草，借此埋怨男子已将自己忘却，此时经过自己的房屋门口，也是强忍不悦之情而已。因此，女子说这"忘忧草"对于男子来说就是"忍草"吧。男子在回答的和歌中直接回答了女子的问题：你说是忍草那就是忍草吧。男子由此回答是因为日语中的"思念"「偲ぶ」与"忍耐"「忍ぶ」发音一致。男子的回答可以说是非常机智了。

奇特的藤花

从前,担任左兵卫都督职位的是一位名叫在原行平的人。某日,因传说在原家藏有美酒,故宾客云集,以在殿上间供职的左中辩[1]藤原良近为主客开办了一场酒宴。行平是一位情趣风雅之人,他将花插在花瓶中以作装饰。在这些用于装饰的花中,有一株长在一条奇特藤蔓上的花,花串大概有三尺六寸[2]长。

于是宾客们便以这株花为题作起诗来。就在在场宾客全部作诗完毕的时候,行平的弟弟听说兄长举办宴会而姗姗来迟。故不可避免,在场宾客都要求他也作诗一首。行平之弟原本不懂作诗,故而推辞,但因实在难以推脱只好如此咏道:

> 藤花树下好乘凉,
> 相比昔时愈繁盛。

"这首诗是什么意思呢?"人们不解道。男子答道:"这是在歌颂太政大臣良房无限荣华,而藤原氏尤为昌盛。"听闻此,在场宾客也就没有再纠结这句诗的含义了。

《伊势物语》评析

注

[1] 左中辩：朝廷最高机构，即太政官职位之一，左中辩为正五位。太政官职位包括左大辩、右大辩、左中辩、右中辩、左少辩及右少辩。

[2] 三尺六寸：约合现在1.1米长。

评析

日本古代贵族人家通常自家酿酒，而酿酒的工作一般由女主人负责操持。当然各家酿酒的技术不同，酿出的酒的味道也自然不同了。在这一段中，在宫里任职的一干人等听说在原行平家的酒好喝，便撺掇着到他家喝酒。酒宴请的主客是藤原良近。藤原良近是藤原氏家出身，并不是当时掌握朝政的藤原北家。

文中选择藤原良近作为主客或许有其特殊意图。良近的父亲藤原吉野是藤原氏家的代表人物。"承和之变"中，吉野由于在恒贞亲王身边任职而被贬任太宰员外帅，且不再被允许返回京城。后来他的第四子藤原良近经过努力回到了中央，由于能力出众而引人注意，在当时还是东宫太子的清和天皇身边任职。良近的女儿近子是清和天皇的妃子，生下了贞平亲王和识子内亲王。而在原行平的女儿文子则为清和天皇生下了贞数亲王。在前文中有所叙述，在原家族也深受"承和之变"影响。因此，藤原良近和在原行平的经历和立场是相同的。

值得注意的是，在宴会现场将一支藤花插在了瓶中。文中行平的弟弟自然便是在原业平。业平在宴会会场被要求以藤花为题咏和歌一首。业平的和歌实际上是讽刺在场的各位客人都是仰仗着藤原氏的权势讨生活,虽说到场的是藤原良近,这里暗讽的是掌握朝政的藤原北家一族,同时也是对哥哥在原行平在现场插藤花以来讨好藤原氏的嘲讽。因此,这首和歌自然引起了在场宾客们的不快。业平也迅速反应过来,说他这首歌是为了祝福藤原家族日益兴旺之意,以此来一扫宾客们的不快。

《伊势物语》评析

第一〇二段

忧 世

　　从前,有一男子,虽不擅长作诗,却能够切身体会诗中的男女之情。一位身份高贵的女子因厌倦了尘世,不想继续居住在京都,便出家为尼到远离京都的山中居住了。因这男子是女子的亲族,故女子作诗赠予男子:

　　　　出家不为驾云游,
　　　　厌世凄凄相远离。

　　而这位女子正是在斋宫侍奉的皇女。

评析

　　本段开头说男子不擅长咏和歌,这实际上是作者站在在原业平的立场上所说的谦逊之语,但是后面说他在恋爱方面经验丰富,再一次暗示了在原业平的好色本性。女子因为厌世而出家,此处的"厌世"想必不是因为生病或者其他因素而产生的情绪,应该是深受男女之情困扰而采取的避世方式吧。文中说该女子与在原业平是亲戚,则是暗示该女子是恬子内亲王。恬子内亲王在清和天皇在位期间任斋宫,贞观十八年清和天皇退位之后便结

◎ 第一〇二段 ◎

束斋宫之职回到京城,此时内亲王二十九岁。根据该段记载,她到山中隐居去了,或许就是去兄长惟乔亲王的隐居之地小野宫(参照第八十三段评析)去了吧。

不 眠 夜

从前,有一男子,十分严谨老实,待人接物全无轻佻之意。这男子为深草帝效力,大概是一时鬼迷心窍,与侍奉亲王的一位女子互通情意定终身,并吟咏道:

夜幽梦中同君寝,
为见君来昏睡醒。

这句诗里包含着多么痛苦的相思情啊!

评析

该段中的深草帝指的是仁明天皇(833年即位,850年退位)。在原业平在仁明天皇在位期间,二十一岁(845年)的时候任左近将监,二十三岁(847年)的时候任藏人(帮助天皇处理杂事的近官)。而女子指的便是纪有常之女,女子侍奉道康亲王(后来的文德天皇)的妃子纪静子(后来成为更衣)。第十九段记录了业平与纪有常之女结婚之后,夫妻关系并不和睦。在该段中则感慨说当时的行为是错误的,这种感慨或许正是基于二人婚后感情不睦而发吧。鉴于纪有常在政坛上不容于掌握实权的藤原家族,在原业平在仕途上的不顺除去自己家族的影响之外,这个联姻对自己的仕途也并未起到辅助作用。所以在原业平对自己的婚姻感到些许后悔吧。或许作者正是理解了业平的此种心情才会在文中代替业平发此感慨。

贺 茂 祭

从前,有一女子,只因厌倦了现有生活便轻易出家了。女子虽已出家,成为留着齐肩短发、毫无光彩可言的尼姑,但尚存一颗玩乐之心。女子去看贺茂祭[1]时,被男子发现,男子赠诗一首:

> 祭祀场中得相望,
> 心盼君眸落我身。

女子收到男子所赠诗歌之后,只好中途回去了。

[1] 贺茂祭:又称葵祭,每年5月15日在京都市贺茂御祖神社(下鸭神社)与贺茂别雷神社(上贺茂神社)举行的例行祭祀。

评析

该段中的女子出门观赏贺茂祭的盛况。该女子的身份是出家的尼姑,但是并非像第一○三段的女子那般出家便住进了山里

◎ 第一〇四段 ◎

面修行,而是居住在城中,并且凡心未了,要出门来观看热闹的贺茂祭。男子所咏和歌正是对女子这种凡心的嘲笑,女子也明白了男子的意图,所以不再继续观看贺茂祭,而是匆匆回去了。

《伊势物语》评析

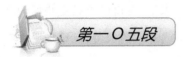

白　露

从前,有一男子对一女子如此说道:"再如此这般待我,我定会死去。"女子闻此咏道:

> 白露易逝随他去,
> 留存难作珠玉饰。

听到此诗,男子虽然觉得这女子十分无礼,但对她的迷恋越来越深了。

评析

男子为了赢得女子的青睐而写了一首诉苦的和歌,说他思念过甚都要死掉了,以期望得到女子的同情。然而女子识破了他的内心,回歌中以白露作比,讽刺男子居然如白露般脆弱。女子并没有顺着男子的意思回赠和歌,这反而激起了男子的好奇心和斗志,认为这不是一个普通的女子,觉得她更加有魅力了。这或许是男女相处中的一种方式吧。

龙 田 河[1]

从前,有一男子,前往皇子们常去散步的龙田河。在龙田河边,男子咏道:

　　神代未见此美景,
　　醉红扎染龙田河。

注

[1] 龙田河:奈良县生驹郡生驹川下游河段名称,现汇流于大和川,古时在信贵山麓的三乡村边合流,附近为赏红叶的名地。

评析

神代指的是日本的神话时代,《古事记》中记载的很多神话故事多发生在此时。龙田川以红叶美景著名,自《万叶集》以来一直是歌人们咏歌的素材。而该段中的这首和歌最初见于《古今和歌集》,作者正是在原业平。业平在宫中见到二条皇后高子的屏风上绘制的龙田川上红叶漂流的景象,便作了此和歌。该段中将和歌的背景改为业平观赏龙田山美景之时,意在使物语更具现场感和故事性。

知心雨

从前,有一身份高贵的男子。时任中务省内记的藤原敏行向男子家中一侍女表明了爱意。只可惜,女子年纪尚轻,先不说领会那表达爱恋的词句了,就连书信都不大会写。女子从未吟咏过诗歌,故女子的主人,也就是那位身份高贵的男子写了一封书信草稿,教女子抄了回了藤原。藤原读后不禁为女子的文笔赞叹不已,因此咏道:

　　　　难掩相思似霖雨,
　　　　泪流成河沾湿袖。

那男主人又代替女子答诗道:

　　　　所言湿袖情尚浅,
　　　　若闻水深情定时。

藤原读后又深感佩服,据说其将这信置于信匣中保存至今。藤原又写信给女子:

　　　　欲与君相见,
　　　　苦于雨将至。
　　　　此情若能成,

天会自相助。

男主人又代女子回信:

相思之语何处解,
此雨知我泪同流。

藤原读后,慌张之处不及准备蓑笠,便淋着雨赶来与女子相见。

藤原敏行出身于藤原南家,母亲是纪名虎的女儿,也是惟乔亲王生母纪静子的妹妹。纪名虎的儿子纪有常之女是藤原敏行的妻子。而在原业平的第一任妻子也是纪有常的女儿,是藤原敏行妻子的姐姐。藤原敏行才华斐然,是一位擅长书法的著名歌人。

藤原敏行在第一首和歌中说自己思念的泪流成河,这自然是夸张的手法,而泪流成河的表述是从中国的诗歌传到日本才有的说法。敏行对自己的这种表达方式应该是很自信的,相信女子对敏行的才华也是佩服的,于是在原业平替女子作了回信。在回信中,业平巧妙地抓住了敏行所作诗歌的漏洞,说他哭得还不够伤心。敏行看到回信之后自然也佩服得很,文中甚至夸张地说他把这封回信非常宝贝地放进了箱子里保存。敏行或许知道女子不会有此种才华,但是在平安时代,女子由身边人代为回信并非不可,回信可以体现女子所处环境的层次。

因为下雨，男子便犹豫要不要去看望女子，从中可以看出婚前婚后男子心理状态的变化。二人最终得以成婚。因为业平代回的一首和歌，男子急急忙忙赶来看望女子，也说明了业平是一位极其优秀的歌人。

浪湿之岩

从前,有一女子,常常怨恨男子移情别恋,如此咏道:

> 风吹浪涌青岩湿,
> 泪沾湿袖无干时。

此怨恨之语传到了男子耳中,男子便如此咏道:

> 夜夜蛙鸣声不止,
> 未有雨落水却增。

女子所咏之歌并不是直接送给男子的,而是由于经常抱怨男子而传到了男子耳中。女子在和歌中将男子比作风,将自己比作岩石。意思是:正因为你这强烈的大风,海里才波浪汹涌,以致岩石不停地被浪打湿。正因为你的不可靠,我的眼泪才不止。对此,男子用田里的青蛙比作自己。意思是:我无论怎么思念,你都要怨恨我,我也是泪流不止,以至于即使不下雨,我的眼泪也使得田里积了水。女子用海边事物作比,男子用农田里的青蛙作比,这些比喻都不是贵族生活里该有的事物。

惜 命

从前,有一男子赠诗给一位刚失去情人的友人:

> 人与花之孰先散,
> 悼念之时先思花。

评析

文中的朋友所失去的人应该是他的妻子或者是情人吧。这女子在樱花尚未散落之时死去,因此男子写信宽慰朋友,意思是:花散了人都要伤怀,人的生命也如这花一般凋零,那确实也是悲伤得很。但是细细想来,人和花究竟哪个更命短呢?通常的回答是花期更短,但其实人的生命更加短。

结　魂

从前,有一男子,同一女子私通。从女子住所内传来一封信:"昨夜梦中又见。"男子听闻,吟咏道:

> 思之如狂离魂去,
> 今宵若见结魂来。

评析

女子在信中说昨夜梦见了男子,想要表达的意思是:我希望你能同我见面。男子的回信巧妙地回答了女子的问题,意思是:我不能去看望你,如果今晚再次梦到我,就把衣角打个结将我的魂魄留在你那里。在日本的平安时代,在梦中梦到对方,说明对方在思念着自己,肉体不能来相见,魂魄便脱离身体来到梦中相会。因此,女子梦到男子必定是开心的,她认为是男子对她过于思念,于是梦中来与她相见。至于男子的回信中所说的"结魂",是古代日本的一种镇魂方式。男人将左边的衣角,女人将右边的衣角系起来,就会把梦中出现的人的灵魂留在身边。在这一段中,读者能够体会女子对男子的深情,男子的回答实际上并无情意。如果真要相见,可以与女子约定日期,而不只是说将自己的灵魂系起来。

《伊势物语》 评析

未见之人

从前,有一男子,前往一身份高贵的女子处为一亡人吊唁,对女子咏诗道:

> 曾见不晓今已知,
> 情深意慕未见人。

女子答诗曰:

> 衣带结处思尚深,
> 如今未解情满乎。

男子又回:

> 情深义重至无言,
> 衣带结处终将解。

评析

这一段是尚处在调情阶段的男女二人的对答歌。女子对向自己表白的男子说自己衣角打的结尚未解开呢。关于衣服打结在上一段中已经提过,是女子将自己心爱男子的魂魄系在身边之意。此处说自己衣角的结未解开,一则表达自己已有恋人之意,二则表达男子并未出现在她的梦中,她衣服上的结并不是为男子而结。男子的回歌中则说,女子衣服的结迟早会为他解开。意思是女子迟早会解开现在衣角的结与恋人分手,到时候女子会接受自己的表白。

须磨渔夫

从前,有一男子,曾与他海誓山盟,约定情意永不变的女子恋上了另一男子。故男子咏道:

> 须磨海岸煮盐烟,
> 尤若吾爱远缭绕。

评析

本段是以"制盐"为题怨恨女子变心的和歌。用煮盐的风和烟分别比喻恋爱中的男女,此比喻很有意思。只是该段中煮盐的地点是须磨,其实将其更换为别的地点也都成立,丝毫不影响和歌的意思和意境。例如,在《万叶集》中亦有类似的和歌,只是地点为志贺。

心 焦

从前,有一男子,与一女子分手后独自生活。男子咏道:

> 人生苦短忘吾身,
> 心中愿存一丝情。

评析

　　这一段的内容可以认为是上一段内容的延续。在上一段中,男子遭遇了女子的背叛而咏了一首哀怨的和歌。在这一段中,男子身边没有了女子的陪伴,孤零零地一个人生活,所咏和歌便有了怨恨女子的意味,怨恨女子的用情不专,怨恨她可以在那么短的时间内便将自己忘得一干二净。

第一一四段

芹川行幸

从前,光孝天皇驾临芹川时,男子年纪已大,并不适合再陪同天皇一起鹰猎。但由于男子从前就专司此职,天皇便让其作为鹰匠[1]来陪同左右。故男子在穿着的褶染猎服的袖兜上题诗云:

  身老神衰莫责怪,

  猎衣鹤鸣只今日。

看到此诗,天皇心情不悦。男子虽是感叹自己年龄而咏的歌,但同样年纪不轻的人听了便以为在说自己。

[1] 鹰匠:负责饲养猎鹰及陪同狩猎的官吏。

评析

当时的太政大臣藤原基经将阳成天皇废黜(884年)之后,将仁和帝即光孝天皇拥立为天皇,此时的光孝天皇已经五十七岁。光孝天皇驾临芹川是在两年后的仁和二年(886)。此时,在原业平已经去世,因此该段中的"老翁"应该是在原行平,因为文中的和歌在《后撰和歌集》中亦有记载,作者正是在原行平。光孝天皇驾临芹川之时,行平已经六十九岁,因此他认为自己一把年纪,以老弱之态混在一群年轻人中间一起狩猎,实在不合时宜,因此咏和歌感慨。但是在场的还有仁和帝这位上了年纪的天皇,在原行平或许并没有讽刺天皇之意,但是天皇不这样认为。本来他以五十七岁高龄继承皇位已是违背常规之举,因此尤其在意周围人的态度,他误解行平的和歌也是可以理解的。实际上,行平咏此和歌感叹自己的老去,也是因为产生了从政坛隐退之意。在光孝天皇驾临芹川次年,行平在七十岁的时候便隐退了。

《伊势物语》评析

都 岛

从前,在奥州,男子与女子共住一处。男子言:"吾欲归都。"女子听闻悲痛不已,欲与男子饯别,于是在武田本都岛[1]与男子饮酒诵诗饯别。咏诗如下:

> 炭火焚身悲戚戚,
> 从此别君远都岛。

注

[1] 武田本都岛:不明岛屿名。

 评析

该段发生的地点是陆奥国。《伊势物语》的主人公"男子"在东国流放之时,第十四段、第十五段发生的地点也是陆奥国。可见此段的内容亦是以男子的流放之旅为背景的。乡间的女子在乡间设宴为男子送别,女子边烧火煮饭边咏了此和歌,似乎更合乎此情此景。在第十四段和第十五段中,物语作者对陆奥国女人极尽讽刺之语,但是此段丝毫体会不出乡间女子的卑陋和作者对女子的轻慢。

浪 檐

从前,有一男子,并无甚缘由,突然游转前往奥州。男子为身在京都的情人送信云:

> 小岛人家浪为檐,
> 与君久违再难见。

男子随后又写道:"诸事皆好。"

评析

该段也是以陆奥国为背景的。男子在和歌中首先以在波浪间时隐时现的小岛比喻自己与京城中恋人的距离,又以空间相隔甚远联想到了时间,二人已经分离了许久。空间之远、时间之久体现了男子对家乡、对京中恋人的思念之情。但是最后一句又说"诸事皆好",这与上一段和第十四段中男子迫不及待回京的心情有所不同。

《伊势物语》评析

驾临住吉

从前，天皇驾临住吉，作诗云：

>住吉姬松久不见，
>风吹雨打几何年？

住吉大神遂现身如此咏道：

>亲君护君君可知，
>千百经年此处守。

评析

住吉大社是大阪最为著名的、有着1800年历史的神社，每年有数百万的信众前来参拜。以前这里生长着浓密的黑松和五叶松，这些松树由于生长在神社，因此其中比较古老的松树便被人们赋予了灵性，也由此产生了"树灵信仰"。这一段的和歌便是赞美住吉神社中的松树。和歌中提到的松树是"姬松"，"姬"指的是女神，因此后文中现身的应该是住吉女神。也就是说，天皇通过赞美松树的长寿，来对住吉神进行赞美。天皇咏和歌是祭拜神灵的一种方式。天皇之所以如此,是因为住吉神被认为是海神。据神话传说,神功皇后在渡海征伐新罗时得到了住吉神的指引。住吉神和住吉神社自古就与皇室有着密切的关系。

《伊势物语》评析

第一一八段

不绝之爱

从前,男子给一位长久没有联系的女子来信,信中云:"长思汝,不敢忘,吾将拜访。"女子如此回曰:

葛藤蔓蔓爬不尽,
汝爱不绝喜何生。

评析

从该段开头部分可知,男子对女子并无诚意,不仅久不拜访,连信件都很少送来。因此,对于男子送来的信,女子并不热心,甚至冷嘲热讽一番。可见,男子的冷淡已经让女子怀疑他的真心,或者在与男子失去联系的这段时间里,女子已经听到了关于男子与其他女子交往的诸多传闻,因此和歌中充满了嘲讽之意。

遗 留 物

从前,女子看着那风流男子遗留下的东西,吟咏道:

> 此物如今最相思,
> 若是弃之或可忘。

评析

因为男子的花心,女子与男子分手。分手之后的女子看着男子留下的东西,感到了无限的悲伤。女子感慨如果没有沾染男子气息的这些物件,自己或许很快就可以将他忘记了吧。作为读者,我们会想既然如此痛苦,何不将那些东西直接扔掉呢?女子的和歌正是回答了这一点,不忍心扔掉男子东西的自己是何等的愚蠢,何等的悲伤。实际上,在现代歌曲中也经常有失恋之后难以走出阴影的唱词。

《伊势物语》评析

筑 摩 祭

从前,男子本以为女子尚未经男女之情,而后发现女子早已与一身份高贵的男子私通,过后,男子如此咏道:

殷殷期盼筑摩祭,
假意女子锅何数。

评析

男子一直深深爱慕着一位女子,本来以为这女子还没有经历男女之事,还是一个清纯女子。然而有一天,突然知晓女子已经与一位身份高贵的男子成为恋人,而这男子定是他无法相比的身份高贵之人。男子嫉妒的同时也对女子产生了怨恨之情,感觉自己受到了女子的蒙骗和背叛,于是作了一首恶毒的和歌辱骂女子。

滋贺县米原市琵琶湖岸附近的筑摩神社一直以来有举行锅冠祭的习俗,现今每年五月三日仍在举办。在古代,当地的女子在锅冠礼这一天,会将土锅顶在头上来到神灵之前(锅的数量要和与自己有关系的男人数量相同),并将锅奉献给神灵。如果有

◎ 第一二〇段 ◎

所隐瞒,锅会掉下来,女子会收到神灵严厉的惩罚。该段中男子的和歌正是在锅冠礼的基础上所作,可以说是恶毒且无理的辱骂之语了。

《伊势物语》评析

梅 壶

从前,男子看到一位侍女从梅壶出来,身上已被雨淋湿,遂咏道:

> 黄莺缝梅制花笠,
> 花笠遮之使君归。

女子答诗云:

> 用君思火干其衣,
> 吾之情意还君火。

评析

该段中的梅壶是清凉殿西北处后宫的一处宫殿,称为凝华舍。其院内有红梅、白梅等,因而称为梅壶。开头从梅壶出来的女子应该是居住在梅壶的妃子的侍女。院中此时梅花盛开,男子以梅花作和歌可谓非常合乎时宜了。和歌的意思是:美丽的你披上梅花织就的斗笠的话会更加美丽的。男子吟咏此和歌定然认为会让女子欣喜不已,会得到女子的回应。而女子的回应却超出了男子的意料,女子以自己被雨淋了为题,认为自己现在需要的不是不实用的花做成的斗笠,而是需要男子的真心及由男子的真心燃起的爱情之火,唯有这火可以让女子感受到温暖,如此女子也会以同样的热情回应男子。女子的和歌虽然不如男子的和歌浪漫华丽,却是基于现实的要求,可以说胜于男子一筹。

井出之玉水

从前,一男子给违背与自己结婚誓言的女子写了一首诗:

> 手掬井出玉水饮,
> 背信情轻似鸿毛。

女子没有回信。

评析

山城的井出清水位于京都和奈良之间一个叫作井出町的城镇,这里有一个车站叫玉水站。城镇的南部有一条东西流向的河,叫"玉川"。这条河的水因为清澈无比而非常有名,被称为"灵水",经过此地的人们喜欢用手捧此灵水饮用。该段中的男子将自己与女子的婚约比喻成捧起灵水的双手,本应该不留任何缝隙地紧紧握在一起的,如今女子却轻易地放弃了这段姻缘。男子的和歌有着对女子的怨恨却又无可奈何的情绪。而女子并没有对男子的和歌做出任何回应,可知女子对男子并没有多少深情,二人的感情也并非十分深厚。

鹑

从前,有一男子,大概是渐渐厌倦了住在深草的一位女子,于是给女子写诗云:

若弃久居深草村,
草长莺飞更幽深。

女子回信感叹道:

若为荒野定为鹑,
愿为君猎不回头。

男子看到此信便消去了离去的念头。

评析

深草是京都伏见区北方的地名,正如其名,在以前此处是一片长着浓密荒草的地方。该段中提到的鸟叫作鹑,俗称水老鸦。这种鸟历来是狩猎的对象,尤其在十一月中下旬狩猎最佳时期,此时也是晚秋初冬时节。可以想象,在荒草蔓蔓的深草之地,一群一群的水老鸦在秋风中飞翔,男子厌倦了这种凄凉的光景,意欲与女子分手。女子自然悲伤至极,于是咏了和歌挽留男子,将

《伊势物语》评析

自己比作眼前的水老鸦,希望男子能像捕猎这鸟儿一般偶尔来此地看望她。女子可以说是姿态非常低微地在挽留男子了,男子也被她的情意感动,不再离开她。

这一段中的女子跟第二十三段(筒井筒)中大和女子非常相似,面对背叛了自己的夫君都毫无怨恨之意,只默默地吟咏和歌,或关切或卑微地表示挽留。这也许正符合作者或者当时贵族阶层男子的价值观吧,即希望女子对男子不生嫉妒、怨恨之心,只一味地顺从便是理想的女性。

同 心 人

从前,男子不知想起了什么,如此咏道:

> 心中所念不可言,
> 只因再无同心人。

评析

文中说"男子不知想起了什么",既然《伊势物语》中所描述的男子所想之事基本都是男女恋情,因此根据和歌,男子应该是感慨:"我还是将我心中所思所想之人埋在心中不宣于口为好,毕竟对方并没有如我这般地思念对方。"

实际上,该段存在于《伊势物语》的结尾之处,此时的男子已经步入老年,应该对爱情不再如年轻之时那么执着。此处的"不知想起了什么"或许有着其他含义。男子回想自己年轻之时为爱痴狂的行为,如今业已心境平和,但是,没有人陪伴在旁听自己诉说过往的一切,亦是男子对自身老年孤独生活的感慨。

《伊势物语》评析

最终之路

从前,男子病入膏肓,因而咏道:

  临终道路早知之,
  未想今日是归期。

评析

  男子在意识到自己即将去世之前写下了这首和歌。这未免给读者一种非真实的感觉,毕竟人在临终之际是没有心力作和歌来吟咏心境的。不如说罹患重疾卧床许久,不禁写下了临终之歌而更具真实性。这一段如此描写,更像是给男子即在原业平的一生做了最终总结。和歌的语气和用词体现了男子临终前孤寂悲哀的情绪,歌中没有任何关于生死的论述,也没有佛教的无常之感,只是男子静静地咏了一首和歌。这种情绪才容易打动读者。这也与《伊势物语》第一段中刚刚成年礼后的青年男子形象形成了强烈对比。第一段中的男子看到心仪的女子,便毫不犹豫地送去和歌表达爱慕之情,而在最后一段变成这么一位孤独吟咏临终之歌的老者。这无形之中表达了人生的无常之感。

后 记

 2017年春夏，日语系分管研究生教学工作的陈可冉副主任告知希望我下学期担任研究生日本经典文学作品翻译课程的教学任务之时，我着实为难与不安了一段时间。虽说我多年来一直从事日本平安文学的研究工作，但是，有关翻译文学作品的理论及实践方面的研究鲜有涉及，以致我整个暑假一边恶补相关理论知识，一边思索从哪一部作品入手。当然我最熟悉的作品莫过于《源氏物语》了，但是《源氏物语》是一部鸿篇巨制，一个学期下来估摸也只能进行寥寥数卷，于学生理解作品和掌握翻译方法助益甚少。暑假后期我到日本拜访了攻读博士学位的国立山口大学的恩师森野正弘先生，向其道出心中困惑，先生推荐从《伊势物语》入手为佳。一则，《伊势物语》由独立的125段构成，每一段都是一个小故事，便于学生理解与翻译。二则，《伊势物语》文章看似短小，但是背后隐含丰富的日本平安时代的历史、文化、风俗等知识，可以帮助学生更加深刻地理解作品。于是课程内容便如此确定了下来。由于是翻译课程，课程采取学生自主翻译为主，我则从旁补充平安时代的相关知识为辅，并对学生的译文进行修正的教学方式。因此前并未细致研究过《伊势物语》，所以在每次上课前，我都需要做大量的准备工作。在准备过程中调动多年的知识储备，查找资料，反复阅读原文，将自己的思考形成文字记录下来。一个学期结束后,大致翻译讲解到 30 段左右,《〈伊势物语〉评析》一书的前面部分就在这个过程中具有了雏形。2018 年之后我带领自己的研究生继续对《伊势物语》进行翻译和评析,最终于今年 6 月完成初稿。本书得到了我的研究生导师姚继中教授的指导,也得到了日语系主任黄芳教授的鼓励和支持。另外,同为日语系研究生导师的冯千副教授亦对文学作品的翻译工作甚感兴趣,在该书的成稿过程中,与我探讨遣词造句并承担了文中的注释工作。在此,感谢姚继中教授、黄芳教授和冯千副教授的鼎力相助,感谢为本书出版做出贡献的同事、朋友及我的学生们。

因为水平有限,本书难免存有疏漏之处,恳请广大读者多提宝贵意见。

赵晓燕
二〇一九年九月一日